丸の内魔法少女ミラクリーナ

村田沙耶香

角川文庫
23539

目次

丸の内魔法少女ミラクリーナ

私の名前は茅《ち》ヶ崎《さき》リナ！　小学校3年生のとき、魔法の国から不思議な動物ポムポムがやってきて、私にこの魔法のコンパクトをくれたの。

魔法の力が込められているジュエル・スターが埋め込まれたコンパクトに向かって呪文《じゅもん》を唱えれば、魔法少女ミラクリーナに大変身！

困った人をこっそり助けたり、闇魔法を使う悪い魔女の闇組織、ヴァンパイア・グロリアンの企《たくら》みを阻止したり、毎日たいへん！　しかも、ミラクリーナの正体を誰かに知られてしまったら魔法世界の罰を受けて、コンパクトをとりあげられて、もう一生魔法は使えなくなっちゃうの！　だから毎日ハラハラしちゃう！

でも皆が私の魔法で笑顔になってくれると、とってもうれしくなっちゃうんだ。皆の笑顔が、私にとっての最高のマジックみたい☆

今日も皆を笑顔にするために、ミラクリーナはがんばります！

……という「設定」で私が魔法少女ごっこを始めたのは、小学校3年生の春だった。そのころは漠然と、こういうお遊びは大人になるにつれて自然に終わっていくものだと思っていた。けれど、今年で36歳になる私は、魔法少女を始めて27年目に突入する。まさか自分でもこんなことになるとは思ってもみなかった。

会社を終えて地下鉄の中に身体を押し込む。二十代のころローンで買って今も大事に使っている黒のセリーヌのバッグの中で、ポムポム（ということになっているブタのぬいぐるみ）がこちらを見上げている気がする。

『まさかこんなに長い付き合いになるとは思わなかったよ、ポムポム』

周りに聞こえないように囁《ささや》くと、溜め込んだ商品券で買ったエルメスのポーチの中で息をひそめているポムポムが、チャックの隙間からそれはこっちの台詞《せりふ》だと言わんばかりに私を見上げてきた。

買ったばかりのころはふわふわだったポムポムも、今では耳としっぽが千切れてしまっている。ポムポムの入っている雑誌のおまけのポーチの中には、4年生のころお小遣いで買ったコンパクトも入っている。単三電池を二本入れれば今でも中央のピンクと黄色のライトが交互に点滅して、「ピュロロロロロ」と変身の音がする。

ポムポムが顔をのぞかせているポーチの横で、スマートフォンのバイブが鳴った。取り出して見てみると、『もう銀座《ぎんざ》ついた。いつもの店で先に飲んでる』と友達のレイコからのメッセージが入っていた。

私は『こっちもあと少しで着くよ』と素早く返信し、地下鉄の窓に映る自分の姿を見た。

肩より少し上くらいのセミロングの髪にかけたばかりのゆるいパーマ。おでこの皺《しわ》が気になるので作ったばかりの前髪は、まだちょっとだけ違和感がある。朝が冷えたので羽織ったトレンチコートの下は、淡いグレーの薄手のニットだ。買ったばかりのパールのネックレスは正直今日のニットには合っていないが、コーディネートより買ったものをすぐ着けたいという欲望を優先したのだから仕方ない。揺れるピアスは片方なくしてしまって焦ったが、今日電卓の入った引き出しから出てきた。

物欲丸出しのコーディネートをしている自分は、こうして見ると、ごくごく普通の、少し浪費癖がありそうな三十代の女性会社員だ。こういう人間が鞄《かばん》の中に秘密のコンパクトを入れているのだから、人は見た目ではわからない。でも、本当はみんな鞄の中にそんな秘密を潜ませているのかもしれない。つり革につかまって喋《しゃべ》っている50歳くらいのおじさん二人はほんとはなんとかレンジャーのレッドとブルーで、あのくたびれた背広の袖《そで》から見えている銀色の腕時計で変身するのかもしれないし、そこでぼんやり外を見ているおばあさんは本当は改造人間のなんとかライダーで、これからカーディガンに隠れたぴかぴかのベルトで変身して敵を倒しに行くのかもしれない。本物じゃなくても、そういう妄想をしながら生きている人なのかもしれない。

そうだといいな、と思って見ていると、白髪頭のレッドとブルーが変身用の腕時計を見て目配せをしている気がした。敵に向かって走っていく二人を想像していると、ドアが開き、銀座駅だというアナウンスが流れた。

「すみません、降ります、降ります!」

私は慌てて、リュックを背負った魔界からの使者(かもしれない)のサラリーマンを押しのけ、ポムポムとコンパクトの入ったバッグをひっぱり、ホームへと降り立った。

行きつけのチェーンの個室居酒屋に着くと、奥の席でレイコが座って一人で日本酒を飲んでいた。

「おつかれー。先に始めてたよ。金曜だから2時間制だってさ」

「しょうがないしょうがない。あ、すみません、生一つ」

席まで案内してくれた店員にそう告げて、トレンチコートを脱ぐと、レイコがハンガーを渡してくれた。

「ありがとー。遅くなってごめんね、マジカルレイミー」

そう声をかけると、レイコは頭を抱えて、お通しの筑前煮《ちくぜんに》と枝豆が載ったテーブルに突っ伏してしまった。ここから見ると筑前煮に土下座しているように見える。

「どうしたの。マジカルレイミー？　この筑前煮にヴァンパイア・グロリアンの盛った毒でも入ってた？」

「もうやめて。ほんとやめて。いつになったら許してくれんの」

突っ伏したままレイコが言った。私はコートをかけて席に座りながら肩をすくめた。

「許すも許さないも……レイコが私を小学校の校舎の中で魔法少女に誘ったのも、こんな陽気の春の日だったね」

レイコは私の小学校の時からの友達だ。3年生のころ、テレビで「魔法少女キューティープリンセス」が始まり、学校中の、いや日本中の女の子がピンクの髪の魔法少女に夢中になった。私たちも例外ではなかった。一緒に魔法少女ペアになろうと、昼休みに旧校舎の階段の踊り場でこっそりと私を誘ったのはこのレイコだ。

私たちは駅前のダイエーのおもちゃ売り場でお揃いの変身コンパクトを買い、四丁目の公園のブランコで、誰にも秘密で魔法少女ペアとして学校と町内の平和を守ることを誓い合った。といっても、あのときは本当にキューティープリンセスが流行《はや》っていたから、そういう秘密の魔法少女たちが町内には死ぬほどいたに違いない。それを今でも現役で続けているのは、私だけかもしれないが。

魔法少女ペアになった私たちは、放課後になるとランドセルを放り出してどちらかの家にあつまり、秘密のノートに変身グッズや必殺技、悪の秘密結社ヴァンパイア・グロリアンにノートの内容がばれないための暗号やら何やら、そんなことを色鉛筆とカラフルなサインペンで夢中で書き綴《つづ》った。

私たちは学校でも魔法少女としての任務を忘れなかった。昼休みになると、こっそりランドセルに忍ばせているコンパクトで、誰もいないベランダや空き教室で変身した。魔法少女になった私たちは手を取り合って校内のパトロールへと駆け出した。といっても、本当に敵がいるわけではないので、ゴミを焼却炉に持っていったり、花壇の雑草を抜いたりと、魔法少女ミラクリーナとマジカルレイミーの活動は極めて地味なものだった。

あのころはどちらかというとレイコのほうが熱心で、休み時間も放課後も、「ね、そろそろ変身しよう！」と耳打ちしてくるのはレイコだった。給食の時間、じゃんけんで勝って手に入れた揚げパンを食べている私に近づいてきて、

「ねえ、大変！　さっきパトロールしてたら、音楽室から変な気配がしたの。ヴァンパイア・グロリアンが潜んでるのかも！　昼休みになったら一緒に見に行こう！」

と鬼気迫る様子で言いだしたときは、この子は少し変になってしまったんじゃない

かと、本気で不安になったものだった。

変身してマジカルレイミーになったレイコは水の魔法使いで、必殺技はミントスプラッシュ。私はミラクリーナになると風の魔法が使えるようになり、必殺技はレインボーハリケーン。二人で力を合わせると最終必殺技のマジカルスタービームを出すことができるが、一回使うと一週間はパワーをためなくてはいけない。一方敵の秘密結社ヴァンパイア・グロリアンは闇の魔法を操り……などと細かい設定が沢山あるのだが、膨大すぎて、本人である私ですら把握しきれていない。

レイコが塾のテストの成績が悪くなり、親からこっぴどく叱られて、お年玉で買い集めたキューティープリンセスのグッズを捨てられ、死守した変身コンパクトを泣きながら校庭に埋めたのが5年生のころだ。レイコは泣きじゃくりながら、

「いつか、絶対にこのコンパクトを取りに来るから！　そのときまで一人で戦って！お願い、ミラクリーナ！」

と私に縋《すが》り、私も涙ぐみながらうなずいたのだった。

そのままなんとなく、私たちの興味は魔法少女よりファッションに移り、こっそりとお互いの部屋でやる遊びは魔法の必殺技作りではなく密《ひそ》かに買ったピンクの色つきリップの使い方や、石鹸《せっけん》の香りのコロンのつけ合いっこや、編みこみの練習などになった。

そしてそのまま、今に至る。私はミラクリーナを辞めるきっかけをいまいち失ったまま、36歳になってしまった。

「そういえば、レイコが四丁目をパトロールしてたときにさあ。大変だったよね、ヴァンパイア・グロリアンの手先だ！っていって黒猫を追いかけて、そしたらそれが杉井《すぎい》さんちの猫でさあ……」

「もう勘弁して。これ以上黒歴史掘り起こさないで。羞恥《しゅうち》で死んじゃうから」

個室の扉が開いて、店員が私の生を運んできた。レイコはやっと顔をあげ、「すいません、久米仙《くめせん》ロックでください」と弱々しく告げた。

「あ、あと、エイヒレとたたみいわしくださーい」

店員が姿を消すと、レイコが渋い顔で手元のおちょこを呷《あお》った。

「あんたと会うと、酒がいくらあっても足んないわ。いつも思うんだけど、それ、どこまで冗談なの？」

「全部冗談だし全部真実だよ。ごっこ遊びってそういうものでしょ」

レイコは煙草に火をつけた。レイコは煙草の銘柄をころころ変える。数年前、レイコの必殺技と同じ「ミントスプラッシュ」という煙草が発売されて、その時にさんざんからかったせいか、私の前では絶対にメンソールを吸わなくなってしまった。

煙を吐き出しながら、しかめっ面のレイコが言う。

「中二病がかわいいのは中2までだからね」

「中二病も、80歳まで貫けば真実になるんだよ」

「あんた、そんな年まで続けるつもりなの⁉」

　私は肩をすくめた。

「ここまできたらね。あのころは、目に見えない魔法を使って変身するのは子供だけだと思ってた。でも、大人がやっても駄目なんて法律はどこにもないし、いつまでだって見えない魔法で遊び続けていいんだって、20歳を超えて気付いたんだよね。皆もやればいいのに。あ、言わないだけで、実はこういう人ってたくさんいるのかも」

「いるわけないでしょ。ねえ、それさあ、まさか会社の人の前では言ってないよね？」

「まさかあ。私にだって社会性はありますし、それに秘密がバレたら力を失ってしまう……っていう〝設定〟なんだから」

　言いながら、運ばれてきたエイヒレに手を伸ばす私に、レイコはやれやれと溜息《ためいき》をついた。

　レイコはヘアアイロンできっちりと巻いた黒髪のロングヘアで、ストライプのシャツに鮮やかなグリーンのストールを羽織り、耳には大ぶりなピアスを付け、すっかりいい女風だ。このレイコが昔はあんなだったというギャップがおかしくて、ついからかってしまうのだ。それにこの話ができるのは、共犯者であるレイコだけだった。

36歳になってもまだ魔法少女を続けているなんて、当時の私が今の私を見たら、それこそぶったまげて即死するだろう。

でも私は、今の日常をわりと気に入っている。妄想するだけならだれに迷惑かけるわけでもなし、お金がかかるわけでもない。無論、自分が本物の魔法使いではないことくらいわかっているけれど、こうやって日常を面白おかしく料理して生きていくことで、平凡な光景はスリリングになって、退屈しない。

ストレスフルな日々をキュートな妄想で脚色して何が悪いんだ、と私は思う。みんなもやればいいのに。でも、眼の前のレイコは険しい顔でたたみいわしにかじりついており、もういくら私が誘っても、マジカルレイミーには変身してくれなそうだった。

残業が終わってやっと帰ろうという時、年下の営業の男の子からすまなそうに書類を差し出され、私は肩にかけたストールをずりおちないように押さえながら彼を見上げた。

「あの……これ、お願いできないでしょうか。今日中だとありがたいんですけど……」

もっと早く言えよ、と思いつつ、笑顔で書類を受け取る。

「あ、はい、この数字で見積もりですねー。わかりました、すぐやります」

その前にちょっと失礼、と私はポーチを持ってトイレへ行った。

誰もいないことを確認して個室に入り、ポーチからコンパクトを取り出す。

コンパクトに向かって、私はトイレの外に聞こえない程度の声で叫んだ。

「キューティーチェンジ！　ミラクルフラッシュ！」

これで私はミラクリーナに早変わりだ。コンパクトの入っていた雑誌の付録のポーチの中から、ポムポムが声をかけているのがわかる。

『ミラクリーナ、あの男の子はヴァンパイア・グロリアンに催眠術をかけられてるんだ！　早くそのデータを入力して、彼や、他の皆を助けてあげるんだよ！　がんばって、ミラクリーナ！』

『わかったわ、ポムポム！　でもこの時間から今日中って、ありえないよね、もうちょっとヴァンパイア・グロリアンも考えてくれてもいいのにね』

『それが奴らの罠《わな》なんだよ！　さあ、がんばって、皆の催眠術を解くんだ！　君にしかできないんだよ、ミラクリーナ！』

『そうだよね！　私、がんばる！　皆の笑顔を守るのが、私の使命だもんね！　私、魔法少女になって27年のベテランなんだから、弱音を吐いちゃいけないよね！』

私は急いで席に戻り、猛烈な勢いでトイレのパーツの見積もりを打ち込んでいった。

ヴァンパイア・グロリアンのかけた催眠術を解くための呪文を入力してるんだ！

私は世界の平和を守るために異様な集中力で数字を打ち込み続け、男の子がびっくりするような速さで仕事を仕上げることができた。

「はい、できましたよー。チェックお願いしますー」

書類を差し出すと、デスクで必死に何かの資料を作っていた男の子は、「わー、ありがとうございます！」と頭を下げた。

「茅ヶ崎さんって本当に頼りになりますよね。無理なお願いしても嫌な顔一つしないし、仕事も速くて正確だし……」

「そうそう、ほんと、茅ヶ崎さんは凄《すご》いです！　この前も私の残業を、にこにこ笑って手伝ってくれて……優しくてかっこいいです」

そばにいた新人の女の子が大きくうなずく。

私が、それは本当は私がミラクリーナだからだよ、と言ったら皆、びっくりして逃げ出すだろうなーと思う。それでも、私はこの方法で、会社ではすっかり「頼れる大人のお姉さんキャラ」として定着していた。

「この会社、厳しいからストレスで辞めちゃう人も多いじゃないですかあ。ピリピリしてる人ばっかりだし……茅ヶ崎さんはぜんぜんそんなことなくって、いっつも笑ってテキパキ仕事してて、憧《あこが》れちゃいますよ」

私は「そんなことないよー」と笑ってみせた。ストレスなら毎日感じている。でも私は、それをキュートな妄想で料理して食べる方法を知っているというだけだ。

「私、茅ヶ崎さんともっと仲良くなりたいですー。今度飲みにいきましょうよー」

「いいよー、じゃあ来週あたりね」

「絶対ですよー」

後輩たちに口々に言われ、いい気分で身支度を終えて会社を出た。

電車を降り、家へ向かって細い住宅路を歩いているとバイブが鳴り、見るとレイコからのメールだった。

『今晩、泊めて』

短い一言に、ああ、また彼氏と喧嘩《けんか》したんだな、と思う。『了解！』とだけ返信すると、ビールを買い込むために方向転換して、近くのコンビニへと向かって歩き始めた。

11時を過ぎたころ、レイコが暗い顔でやってきた。いつも濃すぎるくらい化粧をしているのに、今日はボロボロだ。眉毛《まゆげ》も半分なくなっている。

「はい」

シャワーを浴び終えたレイコに缶ビールを差し出すと、レイコは黙ってそれを受け取った。

「で、今度は何があったの？」

「……また、ちょっとね……見てこれ」

話すより見た方が早いとばかりに、タオルを頭に巻いたレイコがトートバッグからハサミでじょきじょきに切られたスカートを差し出した。レイコが好んでこの前も穿《は》いていた、黒のタイトスカートだ。

「なにこれ……何かのプレイ？」

「違うわよ！　この前、上司と昼ご飯食べに行ったんだけどさ、話の流れでそれがぽろっと彼にバレちゃって……浮気だ、って大騒ぎになって、部屋中の家具を倒して暴れまくって、こんな短いスカート穿いてるなんてお前は売女《ばいた》だ、って、いつも通り最低の言葉で喚《わめ》いて、クローゼットからスカート取り出してこうされちゃったの」

「うわあ……」

レイコはビールの缶を持ったまま、片手でぼろぼろのスカートを握りしめた。

「上司と昼ご飯っていっても、たまたま蕎麦《そば》屋で一緒になっただけなんだよ⁉　そのとき食べた天ざる蕎麦が美味《おい》しかったから、今度一緒に行こうよって誘っただけなのに、お前は誰と食べたんだってしつこくて……スカートを切ったあとは、マンションの壁をずっと殴ってた。この赤くなった拳《こぶし》はお前のせいだって言いながら、壁を殴るんだよね。お前を愛してるから、俺はお前じゃなくて壁を殴るんだ、って必ず言うの。もう疲れた……」

「それって、もう完全に一線越えてるよね、単なる喧嘩とは言えない状況になってるよね。別れた方が絶対いいよ。これ以上エスカレートしたらと思うとぞっとするよ」

ベッドの上からレイコを見つめると、途端に気まずそうな表情になって俯《うつむ》いた。

「……でも、根っから悪い人じゃないのよ。彼、今会社が大変で。異動になったばっかりで、ストレスで少しおかしくなってるの。それだけなのよ」

「レイコ、お願いだから彼と一度離れて、それからじっくり考えてよ。私から見るとモラハラ被害者そのものなのにもどかしいよ。どういう状況だろうが、他人を追い詰めるようなやり方で気持ちを発散させるなんて、私は絶対に今の二人の関係はおかしいと思うよ」

「理屈ではわかってるけど……。別れたら死ぬって言うし、私がいなくなったらって思うと……。もし友達が同じ状況だったら私だってそう言うけど、でもほんとに、彼は私がいないとダメなんじゃないかって思うのよ。彼、それくらい追い詰められてるの。支えたいって思うんだけど……」

「レイコにとって、支えるって、捌《は》け口にされるってことなの？　フェアな話し合いもできない相手を支えようとしてもボロボロになるだけだよ。一緒にいたら彼はどんどんエスカレートしていくだけだと思う」

「そう……かもしれない、けど……」

開けずに握りしめたままのビールから滴がおちて、レイコのスウェットにしみ込んでいく。しんとした部屋に、私が握りしめてしまった空き缶の、パキッという音が響いた。それにも気づかずぼんやりしているレイコに、私はタオルを投げた。

「まあ、今日は遅いし、もう寝ようか」

頷《うなず》いたレイコは疲れ切っているようで、髪を乾かす気力もないようだった。レイコからぬるくなったビールの缶をとりあげ、床に布団を敷くと、「ありがと」と小さい声で言って布団にもぐりこんだ。

私もベッドに入り、電気を消して薄暗い部屋の中で天井を見上げた。疲れているのに目は冴《さ》えているらしく、何度か寝返りを打っていたレイコが呟《つぶや》いた。

「起きてる?」

「ん、まだ寝てないよ」

「なんか、小学校のころ思い出すね。よくお泊まり会したじゃない?」

「したねー。覚えてる? 6年生のころさあ、恵美《えみ》ちゃんちに二人で泊まってさあ。二人で盛り上がりすぎちゃって、恵美ちゃんが『リナちゃんとレイコちゃんが仲間外れにする』って泣いちゃってさー」

「あー、あった、あった。あれから恵美ちゃん、しばらく口きいてくれなかったよね」

「小学生って呑気《のんき》だよねー。そんなことが人生の全てだったもんなあ。あのころ、二人して四組の川瀬《かわせ》くんに夢中でさー。遠足の写真こっそり買っておそろいのパスケースに入れて持ち歩いたよね」

「それがまさか大人になって、壁殴る彼氏から逃げてくるような羽目になるなんてね……」

自嘲《じちょう》気味に言い、レイコが布団をばさりとかぶりなおした。布団の中から微《かす》かに洟《はな》をすする音がした。

「あのころはよかったな……」

「……まあ、あのころは、何があってもヴァンパイア・グロリアンのせいだ！　で済んでたからねー。レイコもまたマジカルレイミーに変身するしかないね。奴らの手が迫っている！」

「もう、その話はやめてって言ってるのに……」

そう言いながら、レイコの声は少しだけ笑っていた。

子供のころから、レイコは布団をかぶらないと眠れない。青いチェックの掛布団の中から、レイコの細く長い指がのぞいていた。

その爪には水色のネイルが施されている。レイコの爪に生まれて初めてマニキュアをつけたのも、私の家でのお泊まり会のときだった。昼間、スーパーでこっそり買ったピンクのマニキュアを、息をひそめて互いの小さな爪につけ合った。

彼のいる部屋でも、レイコは毎日布団をかぶって眠っているのだろうか。そんなことを考えながら、いつのまにか、私も深い眠りに落ちていた。

レイコは少しの着替えを持ってきていて、しばらくはこの部屋に泊まることになった。

始業時間も通勤時間も同じくらいなので、朝ご飯を一緒に食べて、連れだって家を出る。

「誰かと一緒に通うって、小学校の時以来かも。変な感じ」

「ほんと、ほんと」

他愛のない話をしながら駅へ向かい、レイコは丸《まる》ノ内線《うち》への乗換駅で降りていく。

泊まりにきてから三日ほどたち、レイコは多少元気を取り戻したように見えたが、まだ、きっぱりと別れるという結論は出していない様子だった。

四日目の夕方、仕事を終えてロッカールームに入ると、二十件ほどの不在着信が入っていた。見ると、全部レイコの彼氏の正志《まさし》からだった。

この分だと、レイコのスマホには何件着信が入っているのだろう。レイコは私より定時が1時間ほど早い。もう正志と連絡をとりあって、会っているかもしれない。ぞっとしながらも即座にレイコに電話をかけた。十回ほどコールして不安になったころ、やっと電話がつながった。

『もしもし、どうしたの？』

「あ、レイコ？　ね、今どこ？　今日もうち来るでしょ。そっちにもいっぱい着信来てるだろうけど、正志の所には帰っちゃだめだよ、絶対！」

『うん、うん、まさか帰らないって。わかった、ありがと』

心配しすぎだよと笑うレイコの声がかぼそくて、私はいてもたってもいられずに、夕飯の買い出しもせずに家へ向かった。

息を切らして家に着くと、悪い予感が的中していた。ドアの前に正志がいたのだ。

どうしてここが、と言いかけて、前に一度、地元の仲間の鍋《なべ》パーティーの帰りに迎えにきたことがあることを思い出した。舌うちしたい気持ちを抑えて、

「レイコは？」

と聞くと、

「中にいるよ……。開けてくれないんだ。なあ、頼むよ。リナちゃんは俺の味方だよな？　今回のことは本当に反省してるから……」

と力ない声を出しながら、縋るように手を伸ばしてきた。私はその手を振り払った。

「ほんとに無理。すぐ帰って。レイコとは別れて」

声を荒らげたせいか、中から物音がして、いけない、と思ったときには薄く開いた

ドアからすっぴんのレイコが顔をのぞかせていた。

「レイコ、許してくれ、頼むよ!!」

レイコの顔が見えた途端、近所に聞こえるような大声をあげながら、正志がわざとらしく土下座を始めた。

正志の頭を踏んづけてやりたい衝動にかられながら、こいつ、ヴァンパイア・グロリアンよりよっぽどたちが悪い、と舌うちした。

「とにかく二人で話し合おう。もう一度だけ。な?」

レイコの瞳が揺れたのを見て、私は遮るように、「いえ、二人きりにはさせられません。入って。三人で話しましょう」ときっぱり告げた。

出したくもないが一応お茶を出してやり、どうやってこの男をレイコと別れさせようかと思案していた。前に見たときは眼鏡をかけた線の細い男だったが、今は顔にも腹にも少し肉がついている。よれよれのシャツを着て、いかに自分をみじめに可哀想に見せるか計算しつくしたようなぼさぼさの髪に無精髭《ぶしょうひげ》といういでたちで、わざとらしくうなだれていた。

この男のこういうところが私はとても嫌いだった。好き勝手したあげく、最終的には同情をかって誤魔化そうとするのだ。泣きじゃくりながら、自分の都合のいいほうへ話を持っていこうとする。

今も、わざとらしく涙を拭《ぬぐ》いながら掠《かす》れた声を出している。

「とにかく、今は俺も精神的におかしくて……異動したばかりで、上司とうまくいかなくて。ストレスで死にそうなんだ」

「ストレスに苦しんでるのはレイコのほうだよ。異動のストレスはあなたの問題でしょ。その捌け口にされる側がどんなにつらいか、想像したことある？」

「悪いと思ってるよ！　俺がレイコに甘えすぎてたんだ」

「いえ、あなたのはそういう範囲をとっくに超えてると思う」

私の言葉にうなだれる正志に、涙ぐんだレイコが「大変なのはわかるけど……」などと声をかけている。今にも情に流されそうなレイコを押しのけるようにして、私は正志に詰め寄った。

「とにかく、もうレイコには近づかないで」

「レイコを連れ戻すためなら何でもするよ。頼むよ……」

哀れっぽい声を出しつつ濡《ぬ》れた目を拭う正志の泣き顔を見下ろしながら、どうしてやろうかと考えていた。このわざとらしい泣き顔の仮面をはがしてやりたい。それくらいぶっとんだ言葉を投げつけてやろうと思案していた私は、ふと、ベッドの上に投げ出されているセリーヌのバッグと、中から見えているポーチに目をとめた。

「何でもやるって言ったわよね」

「当たり前だろお、またレイコと暮らせるようになるなら何でもやるよお……」

「じゃあ、魔法少女になりなさいよ」

「え？」

目元を拭って哀れっぽい声を出していた正志が、ぎょっとして目を見開いた。

「レイコのこと好きなんでしょ？　私たち、小さいころ、ほらちょうど『魔法少女キューティープリンセス』が流行っててさ。二人で放課後、魔法少女ごっこして遊んだのね。コンパクトで変身して、私はミラクリーナ、レイコはマジカルレイミーになってさ。5時のチャイムが鳴るまで毎日夢中で遊んでた」

「え、いや、それは、そういう思い出は俺にもあるけど、そ、それが……？」

可哀想ぶる演技も忘れて間抜けな声を出している正志を見て、少しだけ胸がすっとした。その顔を見てやりたかったのだ。しどろもどろの正志に私はさらにたたみかけた。

「この間、レイコ言ってたよ。あのころはよかったって。昔に戻りたいって。あなたがレイコをそんな気持ちにさせたんだよ」

「そ、それは本当にすまないと思ってるよ……」

「本当に反省してるなら、レイコが小さいころ遊んだ思い出を、あなたが実演してみせてよ。レイコをあのころに戻してあげてよ。あなたがレイコの子供時代を再現してみなさいよ！」

　自分でも言っていることがよくわからなかったが、とにかく無茶苦茶に責め立てた。正志は完全にこっちの勢いにのまれている。できないなら出てけと叫ぼうとさらに口を開いた瞬間、正志がひっくりかえった声で言った。

「わかった！」

　一瞬部屋がしんとして、レイコも私もぽかんと正志を見つめた。

「わかったって……何がわかったの？」

「要するに、レイコが昔やってたみたいに、魔法少女ごっこをして遊んでみせればいいんだろ。俺はレイコを愛してるから、そんなことくらい平気だよ。俺がレイコの代わりにその、マジカルレイミー？　とかいうやつになるよ！」

　今度はこっちがたまげる番だった。

「ま……マジカルレイミーって、そんなの無理に決まってるじゃない。私たちもう大人なんだよ」

「いや、俺はやる！　俺はマジカルレイミーになって、レイコへの愛を証明してみせる！」

　絶句している私を後目《しりめ》に、正志は立ち上がってレイコの手を両手で握った。

「レイコが俺の許《もと》に帰ってくるなら、俺はどんな恥だってかくよ！」

「正志……」

レイコは感動したように涙ぐんでいた。だめだこれは、と思いながら、私は机の上にあった正志の煙草を一本取り出してくわえた。そもそも、魔法少女になるのが恥って何だ。レイコならいいが、人を傷つけてストレス発散している正志には言われたくない。火をつけて普段吸わない煙を吸い込むと、メンソールとニコチンの入り交じった苦い味に顔をしかめた。何の因縁か、その箱にはレイコの必殺技、ミントスプラッシュが英字でレタリングされていた。


次の月曜日から、ミラクリーナと二代目マジカルレイミーのパトロールがはじまった。

毎日ではないが、定時であがった日は正志に連絡を入れ、二人で1、2時間のパトロールをする。仕事を終えたあとの無駄な作業はきつい。加えて土日まで駆り出されそうな雰囲気だ。「それで、何をすればいいんだ!?　二人は魔法少女ペアだったころ、何をしてたんだ!?」と聞いてくる正志に、うっかり「近所のパトロールとか……」と答えてしまった自分を悔やんだ。

とにかく二週間、パトロールをしてマジカルレイミーとしての任務をこなせなければ、レイコは家に帰さないという協定を結んだ。

木曜日、なんとか仕事を終わらせて定時であがり、ロッカーへ行って携帯を見ると、『お先にパトロールしてます！　二代目マジカルレイミーより☆』と正志からメッセージが入っていて、どっと疲れが押し寄せた。

私が行けない日も自分はレイコのために皆勤すると言って、一人でパトロールをしているようだ。子供のころレイコとパトロールしたときはあんなに楽しかったのに、今はその意味のない労働が億劫《おっくう》で仕方がなかった。

一瞬さぼることも考えたが、『了解。30分後には着く。ミラクリーナより』と入力した。

着替えを終えた私は、地下鉄の三越前《みつこしまえ》から東京駅へと向かった。

パトロールは、東京駅構内と決めてある。東京全部だと疲れてしまうからせいぜいどこかの駅周辺にしようと提案した私に、「それじゃあ東京駅にしよう」と言ったのは正志だ。

「レイコは丸の内OLだからな。俺がレイコの通う駅の平和を守ってみせるよ。そして絶対に君から取り返してみせる」

取り返すって、それじゃあ私が悪者みたいじゃないかと、1万円のクリームを毎晩丹念に塗りこんでいる眉間《みけん》に盛大に皺をよせてしまった。だが駅構内ならそんなに大変じゃないかもしれないと思ってその提案に乗ることにした。

『でも失敗だったよね……東京駅があんなに広いなんて、いや、知ってたけど、でもあそこまでとは思わなかったよね、ポムポム』

セリーヌのバッグの中で、ポムポムは『今日は疲れたから僕は眠るよ……』と言い残して私の呼びかけに応じなくなってしまった。身体が疲れすぎて、妄想で可愛く世界を彩る元気もない。

駅に着くと、銀の鈴の前でコンパクトを持った正志が待っていた。

「さあ、今日もがんばろう、ミラクリーナ」

「わかった……」

「あれ、コンパクトは？　まさか忘れたわけじゃないよな？」

「持ってるよ……」

私は鞄から、買ったばかりのラインストーンが付いたプチプラコスメのコンパクトを出してみせた。単に一番キラキラしてるという理由で、三人でドラッグストアで買ったものだ。

おそろいのコンパクトを持って向かい合うと、二人でコンパクトを開け、銀の鈴の前で叫ぶ。

「キューティーチェンジ！　ミラクルフラッシュ！」

「ビューティーチェンジ！　マジカルフラッシュ！」

周囲の人が一瞬ぎょっとして足を止め、目をそらして歩き去っていく。このまま死んでしまいたいほど恥ずかしいが、これが小学生の私たちがいつも唱えていた秘密の呪文だったので仕方がない。見た目はまるで変わらないが、これで私と正志はミラクリーナとマジカルレイミーに大変身だ。

「よし、今日は京葉線《けいよう》のほうを重点的にパトロールしよう！」

やけにきびきびと正志が歩きだす。本当に魔法少女になりきっているみたいだ。溜息をついた私は、小太りな二代目マジカルレイミーの後ろを顔を俯かせながら歩き始めた。

ミラクリーナと二代目マジカルレイミーの主な仕事は、小学生のころしていたパトロールの内容とあまり変わらない。別に事件があるわけではないので、駅の通路のゴミ拾い、道に迷っている人の道案内、迷子を案内所へ連れて行く、新幹線に乗る人の荷物を持ってあげる。これくらいだ。

といっても、思ったより道に迷っている人が多くて、そういう人に声をかけ、目的のホームまで連れて行ってあげるだけでも一苦労だ。切符の買い方がわからなくて困っている人に声をかけるのもパトロールの一環だ。おかげで、駅の構内の地図をすっかり憶《おぼ》えてしまった。

昨日は迷子を三人、案内所へ連れて行った。最初は、心優しいカップルだとでも思ったのか、えらく感謝していた駅員さんも、三人目になると不審な目で見た。今後もパトロールを続けたいなら全部ぶっちゃけて説明してしまったほうがいいのかもしれないが、活《い》き活きとした正志を見ているといっそ逮捕してくれという気すらしてくる。

「ふう、もうこんな時間か」

正志が時計を見たのは夜の10時だった。2時間もパトロールしていたことになる。

「それじゃ、俺は帰るから。レイコに愛してると伝えてくれ」

正志がコンパクトを鞄に放り込み、京葉線で帰っていった。

今日の成果は荷物持ちが三件と道案内が五人、それと京葉線近辺のゴミ拾いを少々だ。私は溜息をつくと、地下街で一番高い駅弁とビールを買って、家へ向かった。

マンションに着くと、そわそわとしたレイコが待ち構えていた。

「ね、今日はどうだった？　あいつ、ちゃんとやってた？」

「……やってたよ。がんばってることを私に見せつけるようにがんばってるよ、不気味なくらいね」

「そっかー、そうなんだ、がんばってたんだ。ね、今日は何やったの？　道案内？　何か特別なことあった？」

「パトロールなんて、特別なことが起こらないようにやることなんだから。荷物持ちと道案内くらいだよ」

変にうきうきとしたレイコにいらだちながら、私はぬるくなってしまったビールを飲み始めた。

何でこんなことになってしまったのだろう。ミラクリーナへの変身は、もっとひそやかで愛らしい楽しみだったはずなのに。なんで大好きな友達を傷つける大嫌いな男と、恥をかきながら疲れた身体で歩き回らなくてはならないのだろう。ずっと妄想していた自分が言うのも何だが、これが44歳と36歳の大人のすることだろうか。

「あ、メールだ」

レイコがうれしそうに言う。

「正志からだあ……ほんとにがんばってるんだね」

パトロールを終えて家に着くと、正志はいつもパトロール中にとった写真を携帯で送ってくる。そういう、「こんなことまでやっちゃう俺を見てくれ！」というところが本当に最悪だと思うのだが、レイコは頬を赤らめてうれしそうだ。付き合って5年目の二人には、いいスパイスですらあるのかもしれない。弁当の中の鮭に箸《はし》を突き刺しながら、私は溜息をつく気力すらなく、ぬるいビールをのどに流し込んだ。

パトロールを始めて一週間がたとうとしたころだった。

日曜日にまで正志に呼び出されて、朝から立て続けに三人、階段の荷物持ちを手伝った私はすでにへとへとになっていた。

「大丈夫？　リナ」

今日はお弁当を持ったレイコも一緒に来ていた。パトロールには参加しないが、私たちを見守って応援するという。朝から台所で弁当を作っていて、から揚げだのコロッケだのを大量に揚げていくので、油のにおいで目が覚めた私は朝食をパスしたくらいだった。

レイコがいるせいか、正志のこれ見よがしの張り切りぶりはいつもより何倍もひどかった。

「今日は電車の中もパトロールしないか⁉」

「え⁉」

「せっかく時間があるんだし、丸ノ内線を往復しながらパトロールしようじゃないか。池袋《いけぶくろ》まで行ってさ、この駅まで戻ってくるんだよ」

「わー、すごーい」

何がすごいのか、レイコが大きく頷き、私の同意を得る前に、二人は大股《おおまた》で地下鉄へ向かっていった。

日曜日だというのに、丸ノ内線は混んでいた。

パトロールといっても自由に動き回れるわけでもない。何やってんだか、と私は手すりによりかかって今日何度目かの溜息をついた。

そのとき、「こら、お前！」という声がした。まぎれもなく、今週一週間で聞き飽きた、マジカルレイミーの野太い声だった。

身体をひねってそちらを向く。レイコも戸惑った様子で、背伸びをしてマジカルレイミーのほうを向いている。

「泥棒です！　それ、私のお財布です!!」

続いて聞こえたかぼそい女の子の声に、まさか正志が何かしたのかとひやりとしたが、「放せ！」と正志とは違う甲高い男の声がした。

「お前、さっきからこの子のバッグを触っていただろう。観念しろ!!」

人が多くてよく見えないが、どうも背の高い眼鏡の男の手を、正志が摑《つか》んでいる様子だった。

次の停車駅の赤坂見附《あかさかみつけ》で乗り換えの人がどっと降り、泥棒男と正志と女の子も流されるようにホームへ降りた。私とレイコも慌てて電車を降りた。

すぐに駅員が駆けつけ、泥棒は連れられていった。大人しそうな女の子も、頭を下げて「ありがとうございます」と言った。

「ああ、あなたも来て、状況を説明してくださいますか」

「わかりました！」

正志は、意気揚々と答えた。女の子が、「お忙しいのにごめんなさい、本当にありがとうございます」と再度頭を下げると、

「いいんだよ。皆の笑顔を守るのが僕らの役目だからね！ 困ったときはいつでも二代目マジカルレイミーに言うんだよ」

と正志が答え、女の子は、この人も犯罪者の一種なのではというようなおびえた顔で正志を見た。

詳しく説明するために駅員と女の子についていった正志は、しばらくすると、ホームのベンチで待つ私たちの許へ機嫌よく戻ってきた。

「いやあ、パトロールしていた甲斐《かい》があったよ」

「かっこよかったよ、正志」

レイコが目を潤ませた。

「リナ、ごめん。まだ一週間だけど、私、やっぱりこの人のところに戻る」

「……わかった」

内心ショックだったが、どこかで予想していた私は、顔を伏せて頷いた。

最初は友達をモラハラ男から救ってやりたいという正義感からだったはずだ。それがなんでこんなことになったのだろう。寝不足で肌はボロボロだし、かえって二人は盛り上がっただけだし、ポムポムはバッグの中で死んだように眠ったままだし、私のキュートな日常はすっかり台無しになっていた。

結局、正義なんてどこにもないんだ、というのがミラクリーナの出した結論だった。大人になるということは、正義なんてどこにもないと気付いていくことなのかもしれない。そういう意味で、私はやっと大人になったのかもしれない。

「ありがとう、レイコ。僕はまだパトロールを続けるよ」

「いいのよ、もう、無理しないで」

正志は力強くレイコの手を握りしめた。

「いや、この一週間で気付いたんだ。誰かを助ける喜びがどんなに素晴らしいか。それに悪いやつを懲らしめると本当にすっきりするし。会社のストレスが全部発散できている気がする。パトロールを続ければ、きっと僕はもうレイコに八つ当たりなんかしないと思う」

「ありがとう……正志」

二人を見ているのが苦しくて、私は立ち上がって、「じゃ、私は帰るから」と言った。

「ミラクリーナは？　パトロール、続けないのか？」

「うるせえ！　続けるわけないだろ！」

低い声で正志に向かって吐き捨てると、私はプチプラコスメのコンパクトをゴミ箱に叩《たた》き入れた。

もう二度と、ミラクリーナになんかなるもんか。そう誓って、私は滑り込んできた丸ノ内線に乗り込んだ。


「茅ヶ崎さん、最近、ちょっと雰囲気違いませんか……？」

後輩からおそるおそる聞かれて、私は「何が？」と低い声で答えた。

ミラクリーナをやめてからというもの、私はすっかりどこでも仏頂面になっていた。ポーチの中では相変わらずポムポムが静かに横たわっている。もうポムポムは死んでしまったのかもしれない。

5年生のあのとき、レイコはレイコのマスコットであるパムパムというウサギのぬいぐるみまで捨てられ、コンパクトを埋めた横に涙ぐんでお墓を作っていた。けれど、本当にポムポムが死ぬというのはこういうことかもしれない。私は、魔法少女でいることに疲れ切っていた。日常のキュートなお遊びだったはずなのに、どうしてこうなったのだろう。

私がしていた妄想なんて、くだらないものかもしれない。でも日常に妄想をちりばめてきらきらした世界で過ごすことは、私の人生を楽しくしてくれていた。誰に笑われてもいいと思っていた。レイコと過ごした、校舎をパトロールしながら走り回ったあの昼休みがずっと続いてく感じ。これからもずっと、私はミラクリーナとしての日々を過ごすのだと思っていた。

そして、おばあちゃんになったとき、孫にこっそり話すのだ。コンパクトを見せて、私はほんとはミラクリーナで、今でも町内をパトロールしてるのよ、って。魔法少女歴70年のベテランなのよって。孫には信じてもらえないかもしれないが、ひょっとしたら一緒にコンパクトで変身できる日がくるかもしれない。

そういう、少しだけ変な日常を、私は愛していた。

自分がこの私なりに造りあげた愛《いと》しくもヘンテコな日常にうんざりする日がくるとは思っていなかった。でももう、何もかもどうでもいい。東京駅はあの小太りの魔法少女に守られ続け、レイコはその横でうっとりし続けるのだ。これだって、永遠に続くくだらない妄想だ。

不機嫌な私は、普段なら残業している他の子に声をかけて手伝うのにそれもせず、「じゃあ、お先に失礼します」と席を立った。

もう世界を守る必要もない。全員残業で死ね、とすら思いながら、私はロッカールームへ行った。よれた化粧を直そうと取り出したコンパクトを見ただけで、胸やけがした。私は苛々《いらいら》とパフをはたき、寝不足でボロボロの肌にファンデーションを塗りたくった。

認めたくないが、ミラクリーナは負けたのだ。

本当は負けたのは今回が初めてではない。24歳のころ、マルチ商法にのめりこむエミコを救えなかった。30歳のころ、不倫にはまるマリを救えなかった。33歳のころ、ブラック企業で体をボロボロにしたリカを救えなかった。ミラクリーナは誰も救えなかった。かつての相棒のレイコすら。それがミラクリーナの現実なのだった。

そして、もう自分のことすら救えなくなってしまった。魔法は終わったのだ。

私は鏡の中の私を見た。目の下がたるんだ疲れきった女が、ぼんやりとこちらを見ていた。

金曜の夜、呼び出されてレイコといつもの居酒屋で待ち合わせた。

席に着くと、レイコはすでに二杯目のビールを飲んでいた。

「……お疲れ」

私はレイコと目を合わせずに声をかけた。

あの丸ノ内線のパトロール以来、レイコと会うのは初めてだった。

携帯には『心配かけちゃってごめんね。正志は今週ずっと、お詫《わ》びだよって晩ご飯をつくってくれてる☆』などとメールが来ていたが、直視できず放置していたのだった。

「……ピッチ速いね。あ、私はハイボールで」

注文を取りにきた店員に告げて向き直ると、レイコは黙ったままジョッキを傾けていた。

「ちょっと、返事くらいしなよ。メール返事しなくて悪かったよ。それくらいでそんなに苛々することないでしょ」

「……いや、私も、さんざん心配かけといて浮かれたメールしちゃったし……ほんとごめん」

俯いたレイコに、私は溜息をついた。

「まあそれは、いつものことだし。しょうがないよ。それに彼、二代目マジカルレイミーになって改心したんでしょ?」

「……そうだね。気味が悪いくらい改心してる。あれから私には優しいし、ご飯も相変わらず毎日つくってくれるし、残業がある日はマッサージしてくれるし」

「よかったじゃん」

私は運ばれてきた枝豆とハイボールに手をのばした。

「まあ、私もちょっと極端だったよ。あいつと絶対に別れさせなきゃってあの時は本当に思ってたからさ。それが正義だと思ってた。でもさ、大人になるとわかるけど、正義なんて結局は善意の押し付けでしかないじゃん？　レイコが幸せならいいし、まさかこんなことがきっかけでそんなにあっさりあのモラハラ正志が改心するなんて、私は全然予想もしてなかったわけだしさ」

「……そうなんだけどね……」

レイコは暗い顔で、枝豆を莢《さや》ごと食べ始めた。

「ちょっとレイコ、皮、皮」

「……何か違うなあって、思うんだ」

「え、何かって？　正志さんが？」

レイコの手から歯形がついた枝豆の莢を取り上げながら、私は不安になった。

「どうしたの？　やっぱり改心してないの？　今もまた何かされたりしてる？　壁殴ったりとか？」

「……ううん、凄く優しい。今まで歩き煙草をよくしてて、そこが凄く嫌だったんだけど、『マジカルレイミーがこんなことしちゃいけないよな』って禁煙はじめたし、外でもお年寄りを横断歩道渡らせてあげたり、道案内したり、別人みたい」

「じゃあいいじゃない」

なんだ、と私はばかばかしくなって個室の壁に寄りかかり、脚を投げ出した。

「そうなんだけど……」

それでもレイコの顔色はすぐれなかった。

「何？　何が不満なの？」

「不満は何もないんだけど……」

レイコは自分でもわからない、というように困った顔で俯いた。

「何かね、変なの」

「そりゃ、変だよ。まだ正志さんパトロールしてんの？」

「そうなの……」

「だいぶおかしいよ。私は男の人が魔法少女になっても全然いいと思うけど、誰かを守るためでもなく、パトロールする快楽自体が目的のパトロールを毎日する大人は、あんまりいないよ。駅員さんも不安そうにしてるし、二代目マジカルレイミーはちょっと目立ちたがりすぎだよ。でも格好いいんでしょ、レイコはそれが？」

「そう……格好いいと思うよ。やってることは変だけど、お年寄りに優しく声かけたり、迷子の子どもをあやしたり……」

「じゃあいいじゃない」

「でもね、なんか、違和感があるの」

私はメニューをめくりながら適当に相槌《あいづち》を打った。

「そりゃあるよ。東京駅でいきなり俺は魔法少女だって言われても、本当に変身できているわけじゃないし、はたから見たら意味不明だよ。まあいいじゃん。私だってついこの前までやってたわけだし」

「……横で見ててね。何か違うって思うの」

「こんな謎なことする奴は自分の彼氏じゃないって？　そりゃそうかもしれないけど」

「そういうことじゃなくって……」

レイコは空っぽになったジョッキを弄《いじ》りながら、ぽつりと言った。

「こんなのは本物の魔法少女じゃないって思うの」

「いや、そりゃそうでしょ」

「だから、そういうことじゃないの。あの人が中年だとか、男だとかいう話じゃなくて、なんだか……違うの」

「ごめん、ちょっとよくわかんない」

「そうだよね。私にもわかんない」

レイコは空のジョッキに口をつけて呻り、顔をしかめてボタンを押して店員を呼んだ。

「うまく説明できないんだ。でも、あのとき、私たちが夢中になって変身した魔法少女は、そりゃ遊びだったけど、でも、何か本物の感じがあったと思うんだ。それからまさかずっとリナが続けるとは思わなかったけど、何か、リナや私たちの持ってた本物の感じと、正志は違うの」

いや、私らだって別に本物じゃないでしょ……と突っ込もうとしたが、レイコの真剣な顔に、口をつぐんだ。

レイコは店員が運んできた新しいジョッキを持ち上げながら、きっぱりと言った。

「とにかく、あの人がやってるのは本物じゃない。それだけはわかるの」

レイコの目は黒く濡れていて、まるで、音楽室に敵が潜んでいると私の腕を摑んで囁いたあの時のように、真剣そのものに世界を貫いていた。


職場の同期との飲み会の帰り、ほろ酔いの私はJRから地下鉄に乗り換えるため、速足で地下道を歩いていた。

前はよく東京駅で迷ったものだが、パトロールのせいですっかり詳しくなってしまった。ちょっと忌々しく思いながらも歩いていると、トイレの前で、酔っ払い同士が言い合うような声がした。

うわあやだな、と足早に通り過ぎようとして、ぎょっとして足を止めた。トイレの前で仁王立ちしているのは正志だった。

こんな時間までパトロールしていたのだろうか。正志ではなく、今はマジカルレイミーと呼ぶべきなのかもしれないが、とにかくその人物は、喫煙所ではない場所で煙草を吸っていた気弱そうな中年の男を注意していたようだった。

「だからさあ、こうやってルールを守らない人がいると困るんだよね。わかる？　迷惑行為をしてるってこと」

「はあ……」

「俺は私服パトロールしてるところだから、わかんないかもしれないけど、何だったら出るとこ出てもいいんだよ？　こうやって注意だけで済ませてあげようとしてるんだからさあ。もうちょっと反省した態度を見せてほしいんだよなあ」

「はあ……すみません」

気弱そうな中年の男の人が、半信半疑といった様子で頭を下げている。その頭を見下ろしながら、正志は偉そうに腕組みをした。

「ま、反省してるようだから今回は見逃してあげるけど。気を付けてよ？　こんなとで時間とられたくないんだよね、パトロールは大変なんだから」

私は急いでその場を離れた。

正志はレイコに向かってストレスを発散するかわりに、こうやってパトロールで日頃の鬱憤《うっぷん》を晴らすようになっていたのかもしれない。

どうしよう、止めるべきだろうか、と思いつつ、もう自分には関係ない、という気持ちが湧きあがる。きっかけは私だったとしても、あとは正志が勝手にやっていることだ。

私は顔をふせてその光景から目をそらし、急ぎ足で自分の乗換駅へと向かった。

月曜日、残業を終えてスマホを見るとレイコからメッセージが入っていた。

『結婚するかも。昨日プロポーズされた』

私は溜息をついた。これが現実のミラクリーナとマジカルレイミーの物語のエンディングか。

正志は何だかんだいってもレイコを愛してるみたいだし、今はレイコに優しいならどう彼女の決断に文句を言うべきか、言っていいのかもわからない。レイコの人生に私が口を出すなんて、正志がやっているのと同じような傲慢《ごうまん》な正義でしかなかったのかもしれない。

身支度を終えて帰ろうとすると、携帯が鳴った。見ると、もう一件、レイコからメッセージが入っていた。

『返事は今日のパトロールを見て決める。リナがまだミラクリーナなら、来てほしい』

首をかしげてスクロールしようとしたが、メッセージの文面はそれだけだった。

私がまだミラクリーナなら？　レイコは一体何を言っているんだろう。もうあの遊びはやめたって言ったのに。

銀座線に乗り込んでからも、頭の中からその文面が消えなかった。

ひょっとしたら、あの珍妙なパトロールの最中、魔法少女に一番真剣だったのは、レイコだったのかもしれない。

5年生のあの日、校庭にコンパクトを埋めたときのレイコの真剣な顔がうかんだ。

『いつか、絶対にこのコンパクトを取りに来るから！　そのときまで一人で戦って！　お願い、ミラクリーナ！』

あのときの潤んだ目と、金曜のレイコの眼差《まなざ》しが頭の中で交錯し、反射的にドアへ向かって足が動いた。

「すみません、降ります、降ります！」

迷惑そうな乗客をかき分けて電車を降りると、私は丸ノ内線に乗り換えるために走り出した。

丸ノ内線のホームから『今どこ？』とメールすると、『今から電車内のパトロール。今、まさに丸ノ内線に乗り込んで、赤坂見附まで来たところ！』と返信があり、私は慌ててホームに来た電車に乗り込んだ。

この電車のどこかにレイコとマジカルレイミーがいるのだろうか。車内は混んでいたが、なんとか歩ける程度の隙間があり、私は「すみません、すみません」と人をかき分けて電車の中を進んだ。

三両目のドアを開けると、車両内は隣の車両の倍くらい混んでいて、遠くから聞こえる正志の声で、それは正志たちを遠巻きに見るために乗客が車両の手前半分に集結しているせいだとわかった。

「すみません、ちょっと通ります！」

もうなりふり構っていられずに人混みをかき分け、声のするほうへと進んだ。正志たちは優先席の前に立っており、立っている乗客は正志たちから距離をとっていた。座っている乗客たちは、巻き込まれたくない、というふうに目をそらしたり、俯いて見て見ぬふりをしたりしている。正志の正面で、顔を赤くして俯いているのは若い女性だった。

「ミラクリーナ！」

私に気付いたレイコが縋るような声をあげ、遠巻きの乗客の視線が私にも集まる。逃げたいのを堪《こら》えて、私は息を整えながら二人に近づいた。

「あれ、どうしたのリナちゃん。ミラクリーナはやめたんじゃなかったの？」

「やめたよ」

「そうだよな。俺はほら、今、この人に注意してたんだよ」

正志はどこかうれしそうに、息を弾ませて優先席を見下ろしていた。

「この人こんなに若いのに優先席に堂々と座ってさ。許せないだろ？　ほら、はやく立って。お年寄りに席を譲りなさい」

正志に手首を摑まれて、座っていた若い女性は肩をびくりと震わせて正志を見上げた。

「あの……」

「マジカルレイミー。その人は妊婦さんよ。見えるでしょ、鞄にぶら下がってるマークが？」

私の言葉を聞いても、正志は高圧的な態度を変えなかった。

「見えてるけどさあ。それ、ほんと？　俺、聞いたことあるんだよね。電車で座りたいからって妊娠してなくてもそのマークをつけてる人がいるって。何か証拠ないの？　母子手帳とか」

「…………」

女性は正志に手首を摑まれて固まったままだ。正志はじろりと女性の身体を眺めた。

「お腹だって全然大きくないじゃない？　俺はさあ、正義感強いからさ、そういうの絶対に許せないんだよね」

「あなたにそんな権限ないわ、マジカルレイミー。妊婦さんの体調は人それぞれだし、お腹が目立たないときのほうが身体がデリケートなのよ。すぐに離れて、謝罪しなさい」

薄く笑って正志がこちらを見た。

「人がいいな、リナちゃんは。俺は何か証拠を見せろって言ってるだけだろ。本当に妊娠してるんだったら簡単なことだろ？」

「そんな権限はあなたにはないって言ってるの。早く離れなさい！」

正志の手を摑もうと伸ばした手を、レイコが止めた。

「レイコ……？」

レイコは深呼吸して、鞄からゆっくりとトムフォードのファンデーションを取り出した。

まさか、と思った瞬間には、レイコはコンパクトを開けて叫んでいた。

「ビューティーチェンジ！　マジカルフラッシュ！」

遠巻きに騒ぎを見ていた人の輪が、レイコの叫びを聞いてさらに後退し、優先席のまわりは必死に目をそらして座っている乗客以外は、ぽっかりと人がいなくなった。

レイコ……いや、初代マジカルレイミーは、正志を指差して怒鳴った。

「偽者のマジカルレイミーめ！　もう許せない！　私があなたを成敗してやるわ！」

「おいおい、レイコ、ちょっと落ち着い……」

「ミントスプラッシュ!」

レイコは闘牛士に突進する牛のように、頭から正志に体当たりした。

その権幕に啞然《あぜん》としていると、今度は持っていた日傘で正志をめちゃめちゃに殴り始めた。

「ミントスプラッシュ! ミントスプラッシュ! ミントスプラッシュ!」

「いててて、やめろよレイコ!」

「ミントスプラッシュ! これに懲りたら二度と私の前に現れるな! ミントスプラッシュ!」

レイコは半泣きで正志を殴っていた。「お嬢ちゃん、がんばれ!」と、妊婦さんのとなりに座ってさっきまで目をそらしていたご老人が楽しそうに叫んだ。

レイコは涙で化粧をボロボロにして、正志を日傘で殴りながら電車の外へと押しやった。

「ミントスプラッシュ! ミントスプラッシュ!」

「このイカレ女! 別れるぞ!」

「こっちが願い下げよ! もう一切連絡しないで! 私の前から消え去れ!」

ドアが閉まり、新大塚《しんおおつか》駅のホームに正志を残して電車が発車した。

息を切らしながら、日傘を握りしめたレイコはつけまつげを頬につけたまま、ドアの前に立ち尽くしていた。

すごく変な出来事を見てしまったけれどどうしよう、という感じの微妙な空気になって静まり返った車内で、妊婦の女性が、おずおずとレイコに声をかけた。

「あ、あの……。ありがとうございました……?」

助けられたのか奇人の痴話げんかに巻き込まれたのかよくわからない、といった様子の疑問形だったが、女性がそう発してくれたことで、車内はなんとなくほっとした雰囲気になり、「そうそう」「立派ね、偉かったわ」「うん、よくやってくれたわ」と何人かのおばさんがレイコに声をかけ、無理矢理に和やかなムードが広まった。

私はおそるおそる、立ち尽くしているレイコの肩を叩いた。

「ええと、……偉かったよレイコ。ミラクリーナが出る幕もなかったね……」

「羞恥で死にたい……」

本当に死にそうな顔でそう言い、つけまつげを頬につけたままのマジカルレイミーが、日傘を抱きしめてその場に崩れ落ちた。

「いい部屋だねー」

窓の外を見ながら言うと、フライパンをゆすっていたレイコがこちらを振り向いた。

「窓だけは大きくてねー。そのかわり収納がなくって」

「でも窓が大きいのいいよ、開放感があってすごい気持ちいい。緑も見えるし」

私はベランダへ出て、隣の公園を見つめた。

あれからすぐに、レイコは荷物をまとめて正志の部屋を出た。しばらくは私の部屋に泊まったり週末は実家に帰ったりしていたが、やっと新しい部屋が見つかって、昨日段ボールと少しの家具を運びこんだところなのだ。

「引っ越し手伝えなくてごめんね。荷物の片付け、手を貸すよ」

「いいって。それより、まあ散らかってるけど、引っ越しの祝い酒を手伝ってよ」

「それはもちろんだけど」

私は引っ越し蕎麦の隣にレイコが作った納豆オムレツを並べた。私が家から持ってきた煮物のタッパーも並べ、取り合わせはぐちゃぐちゃだが家飲みならこれで十分だと、段ボールから出したばかりのクッションに腰かけた。

「それにしても、よくあっさり別れられたね」

「あれからすぐ、彼に貸してたお金の請求書を送りつけたの。全部手帳にメモってたから。向こうのサインがあるわけでもなし、法律的には全然意味ないみたいだけど、彼、びびっちゃって。私がそんな風にはむかってくること自体、想定外だったみたいでね。お金も半分は返ってきた」

「よかったじゃん」

私たちは組み立てたばかりのテーブルに向かい合って座り、冷えた缶ビールで乾杯した。

「あ、これ、引っ越し祝い」

レイコが欲しがっていたバーミキュラの鍋だ。前、新婚の友達の家でホームパーティーをした時、使いやすくて欲しい欲しいと言っていたからだ。

「わー、やった！　ありがとう！」

レイコは鍋マニアなので、これで六つめの鍋になると思うが、「これ欲しかったんだー、やったー」とうれしそうにしていた。

「あ、そうだ、私からもあるんだ」

レイコはごそごそと、そばにある段ボールを開いた。

「あ、これじゃないや、ええと、こっちは下着か……ああ、これこれ」

レイコが箱から取り出したのは、むき出しのミラノコレクションのコンパクトだった。

毎年、限定で発売されるパウダーだ。二十代のころ、よく二人で店頭で見ながら欲しい欲しいと言いつつ、お粉にこの金額は出せないよねえ、と言い合っていた代物だ。

「これさ、よかったらもらって」

「え……」

「毎年、店頭で見るたびに思ってたんだけど、これ、けっこう変身によさそうじゃない？　ほら、天使の絵だしさ」

なんとなく必死に言いつのっているレイコに、「ええと……」と口ごもると、レイコはバツの悪そうな顔をした。

「……私のせいで、ほら、リナ、変身しなくなっちゃったじゃない？　ほら、これなら化粧直しも変身もできるし、便利かなって……」

「うーん、でもこれ、高いし。レイコ欲しがってたじゃん、悪いよ」

「……あのさ、私さ。正志にお金貸して返してくれなくても、浮気されても、通帳の暗証番号聞きだされても、苛々すると延々と物を投げつけられても、スマホ覗《のぞ》かれて男の電話番号全部消されても、別れられなかったのね。それでも好きだったの」

「う、うん……」

思っていたよりずっとディープな目にあっていたことをいきなりカミングアウトされ、話の展開についていけない私は曖昧《あいまい》に頷いた。

「それでもね、正志が二代目マジカルレイミーになって、それなのに魔法少女としての一番大事な部分が彼になかったこと、それが、本当に嫌だったの。何されても許せたけど、それだけは許せなかったのね」

レイコが真剣そのものなので、私も、蕎麦を摑もうとしていた箸を置き、神妙な表情を作って頷いた。

「うん、なんか、ごめん、話がよくわからないんだけど」

「……私さ、リナのこといっつもバカとかやめろとか中二病とか言ってたけどさ。リナは本物だと思うの。あの、休み時間に二人で変身して、魔法少女になって正義のために校庭に走り出してくあのきらきらした感じ、あの感じを、ちゃんと今でも持ってると思うのね」

レイコの言葉で、記憶がよみがえった。あのころは毎日、教室の隅で二人でコンパクトを開いて変身し、外へ駆け出していった。

あの、ぐいぐいとなにか強い光に惹《ひ》かれるような感じ。誰に何と言われようと、真実だと胸を張って言える感じ。

レイコは私よりもずっと誠実に狂っていたと思う。あの時、校舎の中でレイコほど真剣に世界の平和を守ろうとしていた人はいなかったし、レイコほど見えない魔法に包まれていた人はいなかった。

「……まあ、今でも、本当はどうかしてるって思ってはいるんだけど……でも、リナにはコンパクト、持っていてほしいって思うんだよね、だから受け取って」

「……ありがとう」

私は素直に頷き、金色のコンパクトを受け取った。

「あ、私も、見せたいものあるんだ。この前実家に帰ったらさあ、こんなの見つけちゃって」

私は鞄から小さな水色の瓶を取り出した。

「うわあ、それ……」

それは私たちが6年生のころ、駅前のダイエーで初めて買ったコロンだった。石鹸の香りがするとパッケージに書いてあるが、つけてみたらレモン臭くて、親にバレないように慌てて窓を開けて換気したことを覚えている。

「開けてみたら、意外と劣化してないみたいでさー。レイコにつけてあげようと思って」

「ちょっと、やめてよ」

「いいじゃん。お祝いだよ、お祝い」

私は石鹸のコロンをレイコに吹きかけた。ミントスプラッシュ、と叫びながらかけてやろうとしたが、やめた。それはレイコの必殺技だからだ。

安物のコロン特有のアルコール臭が部屋に充満し、私たちは笑い転げながら互いの服にコロンをかけあい、高級パウダーを顔に塗りあい、お互いの足に趣味の悪いペディキュアを塗りあった。

安物のコロンとパウダーとエナメルの匂いに酔いそうになりながら、私たちははしゃぎ続けた。まるで、あのころからずっと繋《つな》がっている放課後の中にいるみたいだった。

明日は月末の月曜日だから、仕事はいつも以上に忙しいだろう。すぐにトイレでキューティーチェンジをして、ミラクリーナになってヴァンパイア・グロリアンと戦わなくてはいけないかもしれない。

魔法少女も大変だなあ、と思いつつ、なぜかちょっと浮かれた気持ちになって、私はレイコの顔にパウダーを塗りたくりながら右手の中の金色のコンパクトを見つめた。鞄の底ではエルメスのポーチの中で、死んでいたポムポムが起き上がり、満足げな顔で私の次の変身に備えているみたいだった。

秘密の花園

「ねー、そういえば千佳《ちか》と同じゼミの早川《はやかわ》くん、電話繋《つな》がらないらしいよー」

町田《まちだ》の駅前のコーヒーショップで、約束していたレポートのコピーを渡したあと少しお茶をしていると、ナツキが身を乗り出してきた。

私は机の上に広げたレポートに視線を向けたまま、「へえ」と相槌《あいづち》をうった。

「早川くんの彼女の亜里沙《ありさ》ちゃんと、私、同じフラ語なんだけどさー。キレてたよー、また別の女の所に行ってるんじゃないかって」

「早川くんって、少し軽い感じするもんね」

「ねー。夏休みに入る前も、同じバイトの年上の女と浮気して、やっぱり一週間くらいいなくなって、電話繋がらなくなったんだって。信じられなくない？　亜里沙ちゃんもよく別れないよねー」

私は笑って、「そういうものなんじゃない？」と言った。

「あれ、千佳、なんか発言が大人ー。彼氏でもできた？」

「まさか。でも、友達が言ってたよ。好きになると、欠点も許せちゃうんだって」

言いながら、私は水玉の鞄《かばん》を持って立ち上がった。

「それじゃ、私そろそろ行かないと」

「あ、ごめん、用事あるんだったよね。レポートありがとー。時間大丈夫？」

「うん、まだ平気。ちょっとトイレ行ってくるね」

「あれ、それなら荷物おいてけば？　見てるよー」

「ありがと、でも生理なんだ」

私は鞄をしっかり持って、トイレの個室に入った。

鞄のチャックをあけ、中から小物入れを取り出した。缶でできたバンビの絵が描いてある可愛い小物入れには小さな南京錠がついていて、番号をそろえると開く仕組みになっている。

私は番号をそろえて錠をあけ、ピンクの小物入れを開いた。中には銀色の鍵《かぎ》が一つ、入っていた。

鍵をみると安心し、私はそれを取り出して握った。この鍵の向こう側の光景を思い浮かべると恍惚《こうこつ》とした気持ちがこみ上げてきて、私はトイレのドアに寄りかかりながら、銀色の鍵をそっと撫《な》でた。

私は、同じ大学の早川くんを監禁している。

監禁といっても、早川くんが本気になれば逃げ出すことは可能なはずだ。彼を閉じ込めているのはマンションの六階だけれど、窓をあければ助けを呼べるだろうし、ベランダから隣の部屋へ逃げることもできるかもしれない。

でも、早川くんは大人しく、この鍵に閉じ込められている。

私の住んでいるのは実家で、3LDKのマンションだが、5年ほど前に他界した祖母に徘徊《はいかい》癖があったので、外からかけられるシリンダー錠が備え付けてある。認知症が進み、介護に疲れた母は結局祖母を施設に入れ、まもなく祖母は亡くなった。

やさしかった祖母が、「ちょっとの買い物の間でも何があるかわからないから」と母に鍵で閉じ込められている光景は、見ていてつらかった。外から鍵をかけられ、ドアの前で不安げに立ち尽くしているところに私が学校から帰宅したこともあった。「おばあちゃんが可哀想じゃない」と母に反発したこともある。「ならあんたが見ていなさいよ」と言われると、何も返事ができなかった。

祖母がいなくなってからは、ほとんどその鍵は使っていなかったというのに、まさかその鍵を使って、今度は自分が好きな男の子を閉じ込めることになるとは思ってもみなかった。

「じゃあね、レポートがんばろうねー」

ナツキと手を振って別れ、急いで自宅のマンションに帰る。家の鍵をあけた後、手に持った小物入れから取り出した鍵でドアの上部にある鍵をあける。中に入ると内側にも鍵穴があるので、同じ鍵でそれを閉める。この鍵がなければ内側からもドアは開かない。鍵を小物入れの中に戻して鞄に入れ、廊下からリビングのドアを開けると、中には早川くんが大人しく座っていた。

「ただいま」

声をかけると、テレビを見ていた早川くんは、こちらを見ないまま「手」とだけ言った。私は洋服のポケットから小さな鍵を取り出し、早川くんの手錠を外した。早川くんは手錠を外しても私に殴りかかってくるでもなく、トイレへと直行した。床には手錠と鍵が残され、なんだか間抜けだ。秋葉《あきは》原《ばら》のアダルトショップで買った手錠だけれど、鍵は意外としっかりしていて、早川くんはちゃんと拘束されていたらしく、部屋は荒れていなかったし、窓も割れていなかった。

私がいない間は手錠をかけること。携帯電話は渡さないこと。夜、私が寝るときも手錠をかけること。早川くんに提案したルールはこの三つだけで、早川くんも案外あっさりそれを受け入れた。

男の力で今襲われたらかなわないと思うが、鍵は番号を知らなければ開かない小物入れの中にある。私が気を失ったとしても、鍵は手に入らないという算段だ。そう早川くんに説明すると、「そこまでしなくてもいいのに」と少し引いた顔で私を見た。

トイレを終えた早川くんは、「あー、手首がいてえ」と手をぶらぶらさせながら部屋へ戻ってきて、

「腹減ったんだけど」

と呟《つぶや》いた。

「すぐ作るね。何がいい？」

「手料理はいらない。内山《うちやま》さん、なんか毒とか入れそうだし」

「そんなことしないよ」

そう言いながらも、早川くんが警戒しないように、レトルトのカレーにすることにした。

パックをお湯で温めただけのカレーを皿にもって早川くんに「はい」と差し出すと、テーブルに着いた早川くんは黙ったまま、乱暴な手つきでカレーを食べ始めた。

早川くんを監禁したのは、三日前のことだった。

同じゼミといっても、私はほとんど早川くんと話をしたことがなかった。ゼミの飲

み会で隣になったときも、ほとんど会話をしなかった。

「あ、やべえ、終電逃したー」

早川くんの家へ帰るには私鉄へ乗りかえないといけないので、終電が早い。私はオレンジジュースを飲みながら会話を聞いていた。

「ばっかじゃねーの早川」

「彼女に迎えに来てもらえばー？」

友達に笑われながら、「や、亜里沙とは今、喧嘩《けんか》してっからなー。お前ら、誰か泊めろよ。俺、ちょっと煙草買ってくるわ」と早川くんは立ち上がった。

私は「ちょっとトイレ」とさりげなく席を立ち、トイレのそばにある自動販売機で煙草を買っている早川くんに声をかけた。

「早川くん」

「あ？　何？」

少し酔っているのか、早川くんはふらつきながらこちらを向いた。

「電車ないんでしょ？　今日、うちに泊まれば？」

早川くんは少しの無言のあと、「内山さんちに？」と怪訝《けげん》な顔をした。

「うち、ここから近いよ。実家だけど両親は転勤していないし、だから広いし」

早川くんは少し私を見つめたあと、馬鹿にしたような笑みをうかべた。

「内山さん、俺とえっちなことしたいの？」

私は平静を装って、スカートの裾《すそ》を直しながら早川くんから目をそらした。

「そういうわけじゃないけど。泊まりたくないならいいよ、別に」

早川くんは買った煙草をポケットに入れながら、

「や、わかった、今日は内山さんちに泊まるわ。よろしくお願いしまーす」

とふざけて頭を下げた。


「すげー、広い。内山さんちって金持ちだねー」

「実家だから。親は転勤でいないんだ」

家に来た早川くんは、無遠慮に家の中を見て回り、「どの部屋使えばいい？」と言った。

「奥の寝室、使っていいよ。客室だから誰も使ってないし」

「へー。すげー」

早川くんは奥のベッドルームのドアを開けると、ベッドに飛び乗った。

「自由に使っていいよ。しばらく、早川くんのベッドなんだし」

寝そべりながら、早川くんは可笑《おか》しそうにこちらを見た。

「何それ。俺がしばらくここにいるってこと?」

「そうだよ」

早川くんが茶色く染めた髪をかきあげながら言った。

「内山さんって、けっこー積極的なんだなー。大人しく見えて遊んでるタイプ?」

「セックスしようって言ってるんじゃないよ。しばらくの間、私に飼われれば? って言っているだけ」

私の言葉に、ベッドの上で寝そべっていた早川くんが真顔になった。

「悪いけど俺、Sっ気ある女、苦手なんだよねー。なんか萎《な》えたわ。俺、やっぱ竹岡《たけおか》んち泊めてもらうわ。この近くだし」

早川くんは乱暴に立ち上がり、玄関に向かった。

「あれ?」

ドアノブをがちゃがちゃと動かしている早川くんに、後ろから声をかけた。

「早川くん、携帯忘れてるよ。本当に酔っぱらってるんだね」

「開かねーんだけど。このドア、壊れてね?」

私は早川くんの携帯をスカートのポケットに入れながら、肩をすくめた。

「それはね、内鍵っていうんだよ。ドアの鍵の上に、もう一つ鍵穴があるでしょ?

それは後からつけた鍵で、内側からも外側からも鍵をかけられるの。見たことない?」

「……内山さん。俺をどうしたいわけ？」

すっかり酔いの醒《さ》めた顔で、早川くんの視線が私を捉えた。

早川くんのふざけてない目を初めて見たな、と思いながら、

「早川くん、これから少しの間、私に監禁されない？」

と、その瞳を真っ直ぐに見つめ返しながら告げた。


カレーを食べ終えると、早川くんは「あー、なんか眠《ねみ》ぃ」と床に寝そべった。

「昼間、寝なかったの？」

「ずっとテレビ見てた」

「何か欲しいものある？」

「んー……食い物と、新しい映画のディスクかな。これ、もう観飽きたし」

早川くんが来てから、買い物以外で家をあけることはなかったが、今日はどうしてもナツキと約束があり、3時間ほど家をあけてしまった。早川くんはよほど退屈だったようで、後ろ手で器用にリモコンやディスクを操作して、テレビや映画を見ていたようだった。

早川くんの茶色い髪は傷んでいて、バービー人形の髪みたいな質感で光っている。

私は早川くんの身体に触らないから、その髪が本当はどんな感触なのかは知らない。パーカーから伸びた腕も、父のクローゼットから取り出して貸したスラックスから見える足首も、どんな温度で、どんな硬さをしているのか、私には知ることができない。

「わかった。明日、買ってくる」

閉じ込めているということとスマホを渡さないということ以外、私は早川くんに非常に従順だった。そのせいか、早川くんは王様のように振る舞うようになっていた。

「内山さん、風呂《ふろ》の準備してよ。シャワーだけなの嫌いなんだよね、俺」

「わかった。すぐするね」

私は立ち上がって風呂場へ向かった。

風呂場の中で、早川くんのスマホの画面にそっと触れてみた。

着信がたくさん残っているようだった。ロックがかかっていて中は見られないが、不在着信が二十一件、未確認メールが六十四件と表示されている。ラインにもかなりの件数のメッセージが溜《た》まっていそうだった。

私は肩をすくめて、そっと光るスマホから離れた。ゼミの飲み会から二人で抜け出したことはバレていないらしく、今のところ私には誰からも連絡がない。早川くんと私はほとんど口をきいたことがないのだから当たり前かもしれない。早川くんは前にも、浮気をして同棲《どうせい》をしている彼女の家から出たきり一週間ほど行方不明になったことがあり、今回もそんなものだろうと皆に思われているらしかった。

風呂場からは早川くんがシャワーを浴びる音が聞こえる。タオルと、父のクローゼットから出してきた替えのシャツと新品の下着とハーフパンツを置いて、私は洗面所を出た。

監禁されない？　と持ちかけたとき、早川くんはふっと笑って、「は？」と言った。

「だって早川くん、泊まるとこ、ないんでしょ？　同棲している亜里沙ちゃんには浮気して追い出されて、浮気相手のバイト先の女子高生の家は実家だから泊まれないし、こういうときお世話になってる年上のセフレの女の人も、今は海外旅行に行っているじゃない」

「……なにそれ。内山さん、俺のストーカー？」

「でも、間違ってないでしょ？　私、優秀なストーカーだから」

そんな話はちょっと学食やゼミの飲み会で耳を澄ませばわかることなのだが、早川くんは「こえー」とどこか嬉《うれ》しそうに、私を馬鹿にしたように言った。

「で、俺をどうしたいわけ？」

「一週間、この部屋の中で私に監禁されて。私が外に出るときと寝るときだけ、念のため手錠をかけてくれれば、あとは何してもいい。一週間たったら解放する」

「なにそれ。何のためにそんなことするわけ？」

「一週間あれば私には十分なの。早川くんとの想い出がほしい。そしたらもう付き纏《まと》わないから」

私は黒いドアに寄りかかってこちらを見下ろしてくる、早川くんの茶色い目を見上げた。

「ご飯はもちろん、三食、なんでも好きな物を作るし、手作りが嫌なら買ってくるよ。あとは何もしなくていい。いてくれるだけでいい」

「……ふーん。内山さん、ほんとに俺のこと好きなんだね」

「そうだよ」

早川くんはポケットからマールボロライトメンソールを取り出して、「煙草は？」と聞いた。

「親が吸わないからばれるかもだけど、いいよ、別に、適当に言い訳するし」

「あ、そ」

早川くんは100円ライターで煙草に火を点《つ》け、ゆっくりと煙を吐き出しながら、「ま、いいよ、別に、面白そうだし、泊まるとこなかったのはまじだし」と言った。

「でも内山さん、いいの？」

「何が？」

「俺とやんなくていいの？　こんなまどろっこしいことしなくても、一週間、俺のセフレになれば、もっといい想い出できるんじゃないの」

早川くんの言葉に、私は小さく微笑んだ。

「そこまでは望んでない。早川くんのこと、見ていたいだけなの。一週間、そばにいて同じ空気が吸えたら、それだけでいい」

「ふーん」

早川くんはかさかさに乾いた唇で煙草を咥《くわ》えながら、そんなことは女に言われ慣れている、というように、はっきりと私を見下した目になった。

「わかった。この話、受けてもいいよ」

薄く笑った早川くんを見て、ああ、この目が見たかったんだ、と私は思った。


「すみません。マールボロライトメンソール、カートンでください」

声をかけると、眼鏡をかけた店員さんが、はい、とすぐに棚からカートンを出してくれた。

もう三カートン目なので、店員さんに覚えられているのか、慣れた手つきで「つけときますね」とおまけのライターをつけてくれた。

「あの、これと、あと……これも」

私はそばにあったおまけつきの白い煙草も差し出した。

「そちらのキャメルですか？」

きょとんとしてみせた私に、店員さんは目を細めて笑って、

「甘いわけじゃないですよ」

と言った。恥ずかしくなった私は、「じゃあ、こっちは」とそばにあった黒い煙草を指差した。

「それもけっこう強い煙草ですよ。お客様が吸われるんですか？」

「ええと……はい、試してみようかなって」

「じゃあ、こういう女性向きのはどうですか？　これとか、新商品でおまけもついてますよ」

店員さんはピンクの箱にラメが入った模様の、きらきらした可愛い煙草を差し出してくれた。ロゴの入った小さな鏡がおまけでついている。

「じゃあ、これにしてください」

「はい、かしこまりました」

店員さんは袋に入れてくれながら、「身体に悪いから、少し試して美味《おい》しくなかったら、なるべくやめたほうがいいですよ」と言った。

家に帰ると、「おっせーよ」と早川くんが不機嫌な顔をして、テーブルに足を乗せていた。

「ごめんね、時間がかかっちゃって。言われた通り、焼き肉のお弁当と、煙草と、映画のDVDも買ってきた」

私は早川くんの手錠を外しながら言った。

家には灰皿がないので、母が焼き物教室で焼いた不格好なお碗《わん》を灰皿にしている。早川くんはマールボロライトメンソールを取り出して、箱に口を近づけて器用に一本咥えた。

「火」

早川くんの命令に従って、火を点ける。早川くんは美味しそうに煙草の煙を吸い込んだ。

「あー、落ちつくわ」

「私も吸っていい？」

私は店員さんが選んでくれたラメ入りの箱を取り出した。

「あれ、内山さんも煙草吸うの？」

「吸わないよ。これが初めてだよ」

私は一本を口に咥えようとした。

「ちげーよ、葉っぱの方じゃなくてこっちを咥えるんだよ」

早川くんは私の煙草をとりあげ、逆にして渡してくれた。

「ありがと」

私は早川くんのライターで、煙草に火を点けた。

「吸いながら火に近づけるんだよ。そう、そう」

早川くんの教えてくれた通りにやると、煙草の先に火が灯《とも》った。

「あ、ついた」

「ふかしてるんじゃ吸ったって言えねーし。肺まで吸い込むんだよ、肺まで」

ゆっくりと煙を吸い込むと、むせずに吐き出すことができた。煙のせいで、少しだけ頭がくらりとした。

「本当に初めてなんだなー、内山さん」

面倒くさそうに言う早川くんに、「ありがとう」と言うと、早川くんは興味なげに「あー」と返事をして、自分の吐き出した煙を見つめた。

「内山さんって、俺のどこがそんなに好きなわけ？」

「うーん……顔かな」

「ひっでえ」

「私と早川くん、小学校が一緒だったんだよ。覚えてない？」

「まじで？」

早川くんは視線をこちらへ向けないまま「わり、ぜんっぜん覚えてねー」と言った。

「内山さんって、ひょっとしてそのころから俺のこと好きなの？」

「うん。小学校の、3年生の運動会の時から好きになったんだ。同じクラスになったことは一度もないけど」

「まじかよ、まじストーカーじゃん。こえー」

早川くんが噴き出し、その拍子に灰が床に落ちた。

「私は親に私立に入れられちゃったから中学は別だったけど、それでもずっと好きだったの」

そう告げると、「げ、まじ怖いんだけど」と言いながら、早川くんはどこか満足げだった。

「なー、飯まだ？　俺、弁当だけじゃなくなんか甘いものも食いたいんだけど」

「買ってきてあるよ。プリンと、ケーキと、アイスクリームもある。お弁当、今、温めるね」

「んー」

早川くんはどこか飼われ慣れている。同棲している亜里沙ちゃんの前でも、逃げ場に使っているというセフレの女の人の前でも、こんな風に振る舞っているのかもしれない。

「なあ、今日も寝るとき手錠つけないとだめ？」

「うん。だって、逃げちゃうかもしれないでしょ」

「手錠って、女につけたことはあるけど、つけられるのは初めてだわ。亜里沙はこういうプレイっぽいの嫌がってやらせねーし。っつーか、内山さん、本当は、俺に手錠かけられたいんじゃないの？　そういう妄想してるから、こんなことするんじゃねーの」

からかうように言ってくる早川くんに、まるで恥じらうように目を伏せながら、「そうかもね。でもいいの、見てるだけで」と言った。

私が早川くんへみじめっぽく執着してみせればみせるほど、早川くんは私を馬鹿にしたような目をして笑った。手錠をかけてみても、結局がんじがらめにされてるのはお前だろ、とでも言いたげだ。

弁当とデザートのプリンを食べ終えると、早川くんが伸びをした。

「あー、ねみー。俺、そろそろ寝るわ。風呂は明日の朝入る」

「そう」

私は立ち上がって、早川くんに手錠をかけた。早川くんは大人しく後ろに手をまわし、私に手錠をかけられていた。

早川くんの乾いた手首に、指先が触れる。震えそうになりながら、私は手錠をかけおえた。

「おやすみなさい」

甘い声を出すと、早川くんは返事もせずにこちらを一瞥《いちべつ》して、奥の寝室へと入って行った。

奥の客室のドアが閉まる音がした。足で閉めているらしく、乱暴な音がこちらまで響いてきた。私は早川くんが逃げ出しても気が付けるよう、リビングのソファベッドで寝ていた。

タオルケットをかけて横たわる。薄暗い部屋で目を閉じながら、小学校のころ、早川くんを好きになった運動会のことを思い出す。

あの頃、学年のほとんどの女子が早川くんを好きだったと思う。顔が綺麗《きれい》で、勉強も一番で、そして足がとても速かった。

早川くんのクラスは一組で、私は三組だった。リレーではアンカーの早川くんを、ほとんどの女子が応援していた。

放課後になると、誰もいなくなった校舎で、早川くんのクラスに忍び込んで、壁に掲示してある早川くんの作文を読んだ。

部屋にある鍵つきの日記帳は、早川くんのことばかりで埋め尽くされた。自己紹介カードを盗み見て知った、早川くんの趣味、サッカーと音楽鑑賞。鑑賞という字を漢字で書いているのが格好良かった。好きなCD、聞いたことのない洋楽の名前をレタリングしてあるのが格好良かった。好きなスポーツブランドはナイキ、好きなタイプは「頭のいい人」。早川くんは絵もうまくて、美術室にもぐりこんでは、早川くんの作ったどこか神経質そうな細かい粘土細工や乾かしている水彩画を見て、その詳細を日記につづった。

川辺の鳥の絵をこんなに素敵に描けるなんて、何て素晴らしい感性の持ち主なのだろう。早川くんに対するイメージと物語は日記の中でも私の妄想の中でも膨らんでいた。

全校集会の日と、早川くんのクラスの移動教室がある日は、手帳に花丸をつけた。校外学習のあと貼り出された写真は、早川くんが写っているものばかり買った。早川くんには5年生のとき彼女ができて大騒ぎになったが、それでも私の気持ちは変わらなかった。むしろ、彼女と手をつないで帰る早川くんの姿を見て、痛みと共に熱が灯った。

早川くんは私の少女漫画であり、私のエロ本でもあった。ときめきへの憧《あこが》れと、清潔な性欲が、早川くんを相手にだけ、膨らんでいった。

それは私立の中学に行っても、高校へ行っても変わらなかった。

高校のとき、一度だけ彼女と歩く早川くんを見かけたことがある。そのときも、私に宿ったのは嫉妬《しっと》ではなく熱だった。早川くんはすっかり明るい茶髪になっていて、制服を着崩してローファーの踵《かかと》を潰《つぶ》して歩いていて、小学校のころの清潔な王子様のような姿ではなくなっていた。

その時、私には初めて付き合った男の子がいた。けれど、早川くんへ感じた甘い熱と、目の前の生々しい男の子との違いを受け入れることができずに、「初恋の人が忘れられないから」と別れることになった。「え、小学校だろ？　ちょっとおかしくない？」と男の子は食い下がったし、私もおかしいと思った。けれど理屈がいくらおかしくても、それでも、私の性欲は、未だ、早川くんだけに向けられていた。さすがに、そのことに、無理と苦しさを感じるようになっていた。

その頃から、いつかこうしたいと思っていたのだと思う。親がマンションを買って横浜《よこはま》へ引っ越したというのに、大学で早川くんと再会したときには、喜びと共にぞっとした。小学生の自分に呪われているのではないかとすら思った。

その時、私には人生で二人目の恋人がいた。けれど、結局、彼とも別れることになった。その時だ。早川くんをこうすることを決意したのは。そして、大学でなるべく避けていた早川くんと同じゼミに入り、ずっと機会をうかがっていた。

初恋はどうすれば消滅するのだろう。答えは一つだった。私は、自分の初恋を葬る準備を、着々と進めていたのだ。

目を閉じると、早川くんが壁を蹴《け》る音が聞こえる。早川くんは寝相が悪いらしく、寝ながら壁を蹴る。粗雑な彼の内面が表れているようだった。

その音を聴いていると、不思議に気持ちが安らいで、私は自分が作り上げた密室の中で、静かに眠りについた。

「ごめんなさい、今、カートンはないんですよ」

翌日コンビニに煙草を買いに行くと、店員さんがすまなそうに答えた。

「バラなら、七個、ありますけれど。そちらでよろしいですか？」

「大丈夫です。あの、私が毎日買ってしまったせいで、売り切れたんですよね。ごめんなさい」

謝ると、店員さんは優しく首を振りながら笑った。

「いえいえ、お得意様ですから。おまけにライター、おつけしておきますね」

店員さんはピンクのライターをつけてくれた。

「昨日お買い上げになったお煙草、いかがでしたか？」

「ええと……やっぱり私にはちょっと、苦かったです」

恥ずかしくなって俯《うつむ》いて言うと、店員さんも、「ですよね。店員の私が言うのもなんですが、体にいいものではないので、ご無理なさらないほうがいいですよ」と笑った。

バラの煙草を袋に入れてもらいながら、

「今、家に従兄《いとこ》のお兄ちゃんが泊まりに来てるんです。ヘビースモーカーで、困っちゃいますよね」

と言い訳がましく言った。家の中に男の子を監禁していることが、ひょっとしたらこの人にはばれているのではないかと、怖くなったからだ。

「そうだったんですか」

店員さんは納得したようにうなずき、ピンクのライターと一緒に、渋い色をしたキーチェーンをおまけにつけてくれた。

店を出ると、蟬が鳴いていた。祖母が元気だったころは、夏になるとちゃんと茄子《なす》に割り箸《ばし》をさして、お盆の準備をしていた。

あのころは、夏休みはドリルや絵日記や自由研究があって、もっと忙しかった。大学生の夏休みは時間がありすぎる。だから、こんな風に男の子を監禁なんてしてしまうのだ。

帰ると、早川くんはまだ寝ているようだった。

私は自室へ戻り、鍵を閉めた。

部屋の戸棚から、アルバムを取り出す。そこには、運動会ではちまきをしている早川くんや、少しふざけて友達とピースサインしている姿などが載っていた。

それを見ながら、私は首元のボタンを一つ外した。

早川くんは私の清らかなエロ本だった。

6年生のころ、早川くんが付き合っている女の子と、駅前のデパートの屋上でキスをしていたと噂になったときだ。

早川くんは「そんなことないよ」と否定したようだが、女子はみんな、「早川くんは進んでるもんね」「いいなあ、私も早川くんみたいな人とファーストキスがしたいなあ」と頬を赤らめて噂していた。

私もその一人だった。早川くんの整った唇が、どうやって降りてきてどんな感触を与えてくれるのか、ずっと妄想していた。

噂を聞いた日、私はランドセルをベッドの上に放り投げると、ティッシュペーパーで唇をつくることを思いついた。

たてに二つに折り、それをさらにたてに二回折る。細長くなったティッシュペーパーを一回だけ横に折ると、ちょうど唇くらいの大きさの長方形が出来上がる。手で両側を押さえてセロハンテープで留めると、まっしろで清潔な唇が出来上がる。

私はどきどきしながら、その唇へ向かって、自分の幼い唇を落とした。早川くんの唇も、きっとこんな風に清潔で柔らかいのだ。私の唇はティッシュペーパーの唇の中に沈んでいった。

それが私のファーストキスだった。

その儀式は今も変わらない。私だけのキスの儀式は毎晩のように行われている。

私はボタンをさらに外して首元を緩めながら小学生のころのようにティッシュペーパーで唇をつくり、そこに自分の唇を近づけた。

ばん、と壁を蹴る音がする。現実の早川くんの音だ。そろそろ目が覚めたのかもしれない。

私はそれでも目を閉じて、白い唇に自分の唇を押し付けた。

柔らかく甘い感触に、うっとりと目を閉じる。

このキスを何度繰り返しただろう。

初めて身体の中の臓器に甘い熱が宿ったのも、小学生のころ、このキスの最中だった。好きな人とのキスはこんなに清らかに熱が宿るのだと、私は自分の身体と早川くんに感動した。

ばん、と再び音がした。二回壁を蹴るのは、お腹が減ったという合図だ。

私はティッシュペーパーの唇を大切に持ち上げて引き出しに入れ、立ち上がって、現実の早川くんの許《もと》へと急いだ。

監禁生活は七日目に突入していた。

今日は朝早く家を出て、コンビニ弁当と冷凍のパスタを大量に買ってきた。これで、今日は一日買い物に行かずに済む。早川くんのそばにいられるのだ。

私はパスタと弁当を冷蔵庫にしまうと、時計を見た。

まだ5時だった。早川くんは寝ているようだ。起きると、早川くんは壁を蹴ってそれを私に知らせる。夜中にトイレのために起こされることもある。今日は寝静まっているのか、部屋から物音はしなかった。ドアの前まで行くと、微《かす》かに鼾《いびき》が聞こえた。

私は自分の部屋へ行き、クローゼットの奥から早川くんの鞄を取り出した。

中に入っているものを机に並べてみる。

財布。スマートフォン。ＡｉｒＰｏｄｓ。クールミントガム。マールボロライトメンソールが一箱。彼女のイニシャルが入ったジッポーライターが一つ。コンドームが六つ。鼻毛バサミが一本。財布の中には、ラブホテルのスタンプカードも入っていた。

小学生の私がこれを見たら、幻滅するだろうか、興奮するのだろうか？

私はコンドームの一つをあけてみた。ちいさな輪っかの中の薄いゴムに触れると、ぬるりとした感触と強いゴム臭がした。

私は顔をしかめて、コンドームをティッシュペーパーにくるんで捨てた。それでも指にゴム臭さが残っているようで、洗面所へ行って手を洗った。

指先から石鹸《せっけん》の香りしかしなくなるまで手を洗い、ようやく気持ちが落ち着いた。あんなものを性器につけている早川くんの姿を想像すると、少し間抜けな気がした。

私は再び早川くんの眠るドアの前へ立った。中からは、まだ微かに鼾が聞こえていた。

そっと音をたてずにドアをあけると、タオルケットを蹴飛ばして眠る早川くんがいた。

私は早川くんの顔を覗《のぞ》き込んだ。

顔立ちは綺麗だが、肌が荒れていて、茶色く染めた髪も傷んで金髪交じりになってしまっている。目頭には目やにがついていて、唇はがさついていた。

私は吐き気をこらえながら、そっと早川くんに唇を近づけた。

柔らかさと、髭《ひげ》の感触が伝わってきた。私は顔をしかめて身体を引き、ぶよぶよとした感触がのこった唇を手の甲で拭《ぬぐ》った。

私は部屋を出て、再び洗面所に向かい、うがいをした。濡《ぬ》れた唇を乾いたティッシュペーパーで拭うと、その清潔な感触に安心した。

私は目を閉じて清潔なティッシュペーパーに口づけをすると、早川くんの朝ご飯の準備をするために台所へと向かった。胸の中にはまだ吐き気があった。私は早川くんがくれたその生理的嫌悪感を、服の上からそっと撫でた。


「ずっと家に籠《こも》ってたら夏が終わっちゃうよー！　お茶でもしようよ！」

遊ぶのが好きなナツキからのメールをなんとかかわしていたのだが、なんとなく疑われているような気もしたので、「わかった、今日、少しなら平気」と返信した。

トイレなどの問題があるので、家をあけるのは最大で3時間程度にしている。それでもそんなに長時間家をあけるのは初めてのことで、私は家の中の早川くんのことばかり考えていた。

銀座に行きたいカフェがあるというナツキをなんとか宥《なだ》め、町田の駅前のカフェで待ち合わせた。ナツキは不満そうだったが、「お母さんが帰って来てるの。しかもちょっと風邪ひいちゃってて、看病しないといけなくて」と言うと、「そっかあ、ごめんね、大変なときに誘っちゃって……」とすまなそうに言った。

「大丈夫だよ、少しなら」

「ごめんね、強引に誘いだして。夏休み、遊びまくろうって言ってたのにメッセージしても返事ぜんぜんないし、電話の声もなんだか元気ないような気がして」

「そんなことないよ。お母さんの風邪がうつったのかなあ」

「千佳、夏はバイトするって言ってたじゃん？　そっちで忙しいのかもとも思ったんだけど」

「うーん、バイトは、やめちゃった」

「え、何で？」

「えっと、家でやらなきゃいけない課題がたくさんで。うちのゼミ、課題多いんだー」

笑って誤魔化すと、「えー、大変だね。私なんかバイト三昧《ざんまい》だよー」と同情してくれた。

夏のせいか、ナツキの化粧はいつもより濃い気がする。つけまつげとチークで整えられたナツキの顔を見ていたら、ふいに尋ねたくなった。

「ねえ、ナツキの初恋っていつだった？」

「え？」

ナツキは目を丸くして、ストローから唇を離した。

「なんとなく、最近家で昔のこと思い出して。初恋って無邪気だったなあって」

「うーん、私は遅かったよー。中2だったな。テニス部にかっこいい先輩がいてさー、バレンタインにチョコ渡したよー」

「それって、けっこういつまでも忘れられなかった？」

「うーん、あれはまさに恋に恋してる典型って感じだったしなー。高校に入って彼氏ができたら、さくっと忘れたよー。っつーか、今まで忘れてた」

ナツキは笑い、私も笑ってみせながら、冗談めかして言った。

「いいなあ。私はさ、けっこう長いこと、小学校の頃好きだった人のこと引き摺《ず》っちゃってたよ」

「あー、でも高校の頃、友達でもそういう子、いたよー。なんか潔癖？　って感じで、中学で好きだった担任の先生の話ばっかりしててさ、クラスの男子から告られてもぜんぜん応じないの。もったいなかったなー、かわいかったのに」

「……私も、ちょっと潔癖なところあるのかも。高校で初めて彼氏ができたとき、キスしたら、想像と違う！　ってなっちゃって。小学校の頃好きだった子と、ずっと想像の中でキスしてたから、それと違ってなんか生々しくて、泣いちゃったんだよね」

「えーうそ、それはすごいね。でもまあ、わからないでもないかも。初恋って大抵片思いだからさ、片思いって綺麗じゃん？　それに比べると、現実に付き合う男の子が生々しいっていうのはさ、あるよね」

「そういうのって、どうやったら卒業できるんだろうね」

「うーん。時間が解決してくれるんじゃない？　だってほら、結局、アイドルに恋してるようなもんなんだしさー。そのうち、現実に目が向くようになるっしょ」

「まあ、普通はそうだよね……」

私はぬるくなったジンジャーエールに口をつけた。

私は、初恋の男の子に閉じ込められている。膝《ひざ》の上にのせた鞄を抱きしめると、中で、かちゃり、と鍵の入った小物入れが揺れる音がした。


「おっせーよ」

ナツキとお茶を終えて急いで帰ると、早川くんが不機嫌そうにしていた。

「ごめんね、ちょっと買い物もしてたから……」

手錠を外すと、早川くんはすぐにトイレへ行った。私はテーブルの上に、買ってきた食材を並べ始めた。

「なにそれ、豪華じゃん」

デパートの地下で買ったオードブルやローストビーフを見て、トイレから戻った早川くんが言った。

「うん。今日は最終日だし、乾杯しない？　お酒もいろいろ買ってきたんだ」

「わ、ドンペリじゃん。なに、内山さんってお嬢様なわけ？　すっげ」

冷えた瓶のラベルを見て早川くんが少しはしゃいだ声をあげた。早川くんが嬉しそうにするのは、この部屋に閉じ込められて初めてのことだった。

私はアンティークの戸棚から父のお気に入りのグラスを出し、晩餐《ばんさん》の準備を始めた。リビングの中央にあるローテーブルにオードブルやチーズを並べ、革張りのソファに二人で並んで座った。部屋は冷やしてあるのに、寝汗でもかいたのか、隣に座った早川くんからは少しだけ汗のにおいがした。

冷えたドンペリを早川くんがあけてくれた。乾杯をすると、早川くんが噴き出した。

「何に乾杯してんだよ」

「早川くんと一緒にいられることと、あとは私が初めてお酒を飲むことに、かなあ」

「え、まじ、内山さん、酒飲んだことないわけ？」

「うん。ゼミの飲み会でもいつもジュースやウーロン茶だったでしょ？」

「や、そんなのわざわざ見てねーし。ふーん」

早川くんは泡立った透明な液体を喉《のど》に流し込み、手酌で注ぎ足しながら言った。

「じゃあさあ、内山さんの初めてって全部俺のもんだなー。初恋も、煙草も、酒も」

「そうだね」

頷《うなず》くと、「へえ、俺は普通にしてるだけなのにな。こえー」と薄く笑った。

「身体の初めてももらってやろうか？　そうして欲しいんじゃねーの、ほんとは？」

もう酒がまわってきたのか、何杯もドンペリを流し込みながら、早川くんが言った。

「あー、でもどうしよっかなー。処女ってめんどくせーし。やっぱやめとこっかなー」

煙草に火を点けて煙を吐き出しながら、肩を揺らして早川くんが笑った。

「私、今までに三回、男の子と付き合おうとしたことがあったの。でも三回とも、キスしようとすると、駄目だったの。早川くんのことが忘れられなくて」

「へー。まじで。三回って、いつのとき？」

「高1と、大学1年生のときと、あと3年生のとき」

「3年生って、今じゃん」

早川くんが噴き出した。

「まじかよ、未だにそんなんなわけ。超うけるんだけど」

「そうだよ。いつも、キスしようとすると駄目なんだ」

「そっか、今も付き合おうとして、その男じゃやっぱ駄目だったんだ。だから俺を監禁したんだ、想い出作りに」

「鋭いね、早川くん」

「はは、その男、かわいそー」

早川くんは機嫌よく空のグラスを差し出し、「酒」と言うので、そこに透明の泡を注ぎ足した。

「キスされそうになったら怖くなって、逃げ出しちゃったの。可哀想だよね」

「内山さんって、そんなに俺のこと好きだったんだ。だから俺にこの前キスしたんだろ？　寝てる時にこっそりとさー」

「そうだよ」

私は早川くんの瞳《ひとみ》を見つめた。

「ねえ、早川くん、一度だけキスしてくれないかな。一生の想い出にする」

早川くんが鼻で笑い、「ま、いーよ別に」と言って私の顎《あご》を摑《つか》んだ。

清潔なティッシュペーパーとは全く違う、がさついた唇が、私の唇をふさいだ。

思わずぎゅっと目を瞑《つぶ》ると、ぬめりとした舌が口の中へ入ってきた。私はその生ぬるい柔らかい物体を必死に舐《な》めた。

「内山さん、ほんとにキス慣れてないねー」

唇を離した早川くんは、煙草に火を点けた。

私は、まだ早川くんの煙草の苦みが残る口を手で拭った。早川くんの口元には泡立った唾液《だえき》がついていた。

もっと。もっとだ。これじゃまだ足りない。私は早川くんの唇の端にながれる唾液を見つめながら、口を開いた。

「……ねえ、早川くん。お願い。一度でいいから、口でさせてほしいの」

「……あー？」

「これで最後のお願い。これを叶《かな》えてくれたら、本当に、もう早川くんを解放する」

「…………」

早川くんは煙草を吸いながらしばらく私を見つめていたが、やがて肩をすくめた。

「まあ、いいよ別に。そろそろ携帯も返してほしーし、まあバイトばっくれるところだったからちょうどよかったんだけどさー。内山さんち、ベッドはでけーし飯も豪華だけど、退屈だし。そろそろ亜里沙も許してくれる頃だろうしさー」

早川くんは煙草の火を消しながらふっと笑った。

「電気消してくんない？　内山さんの陰気な顔見てたら、勃《た》たないからさ」

電気の消えた薄暗い部屋に早川くんの毛の生えた脚がある。

私はその間に顔をうずめていた。

「……なあ、手錠、とっちゃだめなわけ？」

「早川くんにはただ、じっとしていてほしいの。早川くんは私の王子様だから。いいでしょう？」

早川くんは「ま、いいけど」とソファに再び背をうずめた。

早川くんの脚の間には、肌色のナマコのようなものがぶら下がっている。そこからは微かに生臭い匂いがした。

私は吐き気をこらえながら、それを舐めた。

「内山さん、下手だなー。舐めるんじゃなくてさ、咥えるんだよ」

「………………」

私は少しの躊躇《ちゅうちょ》のあと、思い切ってそれを口に含んだ。

「そのまま上下に口でしごくんだよ。歯、当てんなよ？　そうそう」

早川くんの命じるままに口を動かしていると、柔らかいペニスは、しばらくたつと、口の中で硬くなっていった。

喉の奥にペニスがあたる。根元を飲みこむたびに、早川くんの陰毛が頬と顎にあたった。

「早川くん」

「あ？」

「早川くんの顔が見えないから、せめて声が聞きたい。もっと声をきかせて？」

「聞きたいならもっと勢いよくしごけよ。袋のほうも触れって。そう、そうやるんだよ」

「うん、わかった」

命じられるままに早川くんに奉仕していると、早川くんが、

「内山さんって俺に言われれば何でもやるんだねー」

と言った。

「そうだよ。なんでもするよ。なんでも命じて」

早川くんの息が荒くなってきた。私にというより、私に命じている自分自身に興奮しているみたいだった。

「そこをもっと強く吸うんだよ、ほら、そう、そう！」

私に命じながら早川くんは、まるで溺《おぼ》れるように息を荒くして声をあげた。

うっ、と呻《うめ》くような声をあげながら、早川くんが後ろ手で、ソファの上のクッションを摑んだ。

何の合図もなく、その瞬間、口の中に生ぬるい液体が広がった。

早川くんの手がクッションから外れると、私は口を離した。

「どうだった？　満足？　ずっと好きだった男のをしゃぶれてさ」

ドアを閉めきりにしていたせいか、部屋の空気は淀《よど》んでいた。濁った空気を振り払うように髪をかきあげると、その風で早川くんのTシャツが微かに震えた。

私は手の甲で唇を拭いながらゆっくりと立ち上がった。

ソファに座っている下半身を丸出しにした早川くんを見下ろす。肩をすくめて、口から、ぺっと精液を吐き出した。

床に、鳥の糞《ふん》のような白いものが広がる。

思わずそちらに視線をやった早川くんを見ながら、私は顔をしかめて口を拭った。

「まっずい。こんなまずい精液、初めてだな」

「……は？」

「一週間、出してなかったの？　気持ち悪い味。吐き気がする」

早川くんは呆然《ぼうぜん》と私を見上げた。

「さっきのキスも、この前のキスも最低。あんなに汚くておぞましいキス、初めてしたわ」

私は下半身を丸出しにした早川くんの柔らかいペニスを足で踏みつけた。

「こんなもの、早くしまってくれる？　見てるだけで吐きそう」

「……てめえ、ふざけんなよ」

　早川くんは私を睨《にら》みつけ、立ち上がろうとしたが、手錠のせいでバランスを崩して、私の足元に這《は》いつくばった。

「この一週間、ほんとに面白かったわ。私、最初に言ったよね？　一週間一緒にいられれば十分だって。でも、はっきり言って三日で十分だったわ。早川くんって粗暴だし、鼾はかくし、たまに鼻毛は出てるし、歯磨きさせてるのに口は臭うし、発言は呆《あき》れるくらい浅はかだし、本当に気持ちが悪い。自意識過剰で低俗で、まんまと調子に乗って監禁までされる単細胞に至っては、可哀想になっちゃうくらい」

　私は早川くんの腹を蹴った。立ち上がろうとする早川くんのこめかみを踏みつける。

「何か勘違いしてるみたいだけど。私の初恋の相手は、貴方《あなた》なんかじゃないんだよ？私は、幻想の早川くんにずっと恋をしてきたんだから。生身の貴方なんかに、まったく興味なんてないの」

「てめ……ごほっ」

　私が蹴った腹をかばいながらむせる早川くんを踏んだまま、私はさらに言い放った。

「ねえ、早川くん、初恋を終わらせる方法って知ってる？　それはね、現実の初恋の相手で、幻想を爆破するんだよ。だってそうでしょう？　私の恋の相手は、私の頭の中にしかいないんだから。それを破壊するには、生身の相手がどれだけくだらないか、心ゆくまで味わうしかないんだよ」

「……ただですむと思うなよ、内山、てめえ……」

「早川くんは私の思うとおり、そのくっだらない人間性と薄汚い姿で、私の中の幻想を破壊してくれたよね。生身の早川くんのおぞましさを、存分に味わわせてもらったわ。お礼を言うわね。ありがとう」

私は早川くんの腹にもう一発蹴りを入れると、鞄から小物入れを取り出して、銀色の鍵を二つ早川くんに投げつけた。

「ほら、これがこの部屋の鍵。こっちは手錠の鍵よ。もう出て行ってくれる？　用は済んだから」

早川くんは立ち上がろうとしたが、自分の精液で足を滑らせて転んだ。

「みじめだなあ。もう十分見たからいいよ、貴方のぶざまな姿は」

私は肩をすくめると、早川くんはなんとか立ち上がり、手錠のかかった手で鍵を掴んだ。

「お前……おぼえてろよ……」

「早川くんのさっきの情けない喘《あえ》ぎ声、ちゃんと録音したよ？　亜里沙ちゃんにばらされたら困るよね？　早く家に帰った方がいいんじゃないかな。亜里沙ちゃんも心配してるよ？」

早川くんは押し黙ると、手錠のかかった手のまま、よたついてズボンを上げ、ドアへと走った。

「忘れ物だよ」

なんとか手錠を外し、ドアの鍵をあけた早川くんに彼のボディバッグを投げつけると、早川くんはこちらを睨みながら走り去って行った。


「ごめんなさい、急に呼び出したりして」

コンビニエンスストアの裏口から出てきた店員さんに、私は頭を下げた。

「どうしても会いたくて」

「いや、俺も会いたかったよ。バイトやめたあとも毎日お店に来てくれたから、嬉しかったし、昨日から来ないからどうしたのかなって思ってたし」

「どんな顔をして会えばいいかわからなかったの。木村《きむら》さん、店員としてしか私に接してくれないし」

スーツ姿の木村さんは、困ったように笑った。

「仕事中は仕方ないよ。でも本当は気になってたんだよ、毎日誰に煙草を買っていくのかなって」

「だから、言ったじゃない。従兄のお兄ちゃんだよ。もう田舎に帰ったけど。やきもちやいた？」

「少しね。でもいいの？　俺とは付き合えないって言ってたから、もう諦《あきら》めようと思ってたんだよ」

木村さんに顔を覗きこまれ、私は頬を赤らめた。

「もう大丈夫なの。初恋は終わりにしたの。あなたの為に」

木村さんが私を抱きしめた拍子に、鞄の中のものが散らばった。

「ごめんね、大丈夫？　あれ、これは何？」

木村さんは私の鞄の中に入れっぱなしになっていた錠つきの小物入れを、不思議そうに見た。

「ああ。これ？　あのね、この中に、子供の頃の玩具《おもちゃ》が入ってたんだ。でももういらないから、捨てようと思って持ってきたの」

私は笑うと、裏口のそばにあったゴミ箱に、バンビの絵が描かれた小物入れを捨てた。

玩具は薄汚いゴミがあふれるゴミ箱の中へと沈んでいった。

木村さんの唇が私へと降りてくる。瞳を閉じると、夏休みが終わったことを告げるように、どこからか、秋の虫の声が聞こえ始めていた。

無性教室

朝起きてピンクのハート柄のルームウェアのままご飯を食べようとすると、お母さんに叱られた。

「あんた、まだそんな恰好《かっこう》してるの。先に着替えてきなさい、時間がかかるんだから」

「いいじゃない、ご飯くらい好きな恰好で食べたって」

「だめよ。そんなこと言って、昨日も遅刻ぎりぎりだったじゃないの」

私はしぶしぶ部屋に戻り、クローゼットの引き出しをあけた。

中から黒いトランスシャツとよばれるぴっちりとしたタンクトップを取り出し、苦戦しながら着る。これを着るようになったのは小学5年生のころからだが、未《いま》だに慣れない。

なんとかトランスシャツを着て胸がつぶれた状態になると、今度は制服の半そでのシャツを着た。白地にうっすらと緑のストライプが入っている、指定のシャツだ。

深緑のネクタイを締め、淡いベージュのサマーニットのベストを着て、紺色のズボンを身に着ける。

伸びかけたショートカットの髪は耳の後ろがはねてしまって、そろそろ床屋さんに行かないと、と思いながらヘアワックスで整える。

身支度を終えると、ぎりぎりの時間になっていた。

慌ててリビングに戻り朝食を頬張る私に、「ほら、言ったでしょう。すぐ出ないと電車に間に合わないわよ」と母が呆《あき》れた声で言った。

駅からスクールバスに乗って15分ほど行ったところに、私たちの通う高校がある。スクールバスの中は、皆、私と同じ、ショートカットに、指定のシャツからうっすら透ける黒いトランスシャツに、紺色のズボンという装いだ。指定の鞄《かばん》は革の鞄と淡いグレーのサブバッグの二種類あるが、ダサい革鞄を使う生徒はほとんどいなくて、大半の生徒は教科書やノートは机に入れっぱなしにし、グレーの四角いサブバッグに財布や音楽プレイヤーを入れて学校へ通う。

スクールバスに乗っていると窓の外はどんどん田園風景になっていき、その奥にある小さな山の中に、私たちが通う真っ白な校舎が建っていた。

バスを降りて校舎へ駆け込むと、「ユート、おはよう。髪、耳の後ろがはねちゃってるよ」と、玄関でローファーを脱いでいるユキに声をかけられた。

「え、そう？　朝、直したのにな」

私より少し背が低いユキは、大きな黒い瞳《ひとみ》でこちらを見上げて微笑んだ。

「ユートは癖っ毛だからね。もう少し短くすれば？」

「うーん、でもあんまり短くすると、校則に引っかかっちゃうからなあ」

溜息《ためいき》をつくと、「そうだよね。僕も髪がはねやすいから、もう少し伸ばすか切るかしたいんだけど」とユキが頷いた。

「おはよ、ユート、ユキ。同じスクールバスに乗ってたのかな、気付かなかったよー」

振り向くと、いつも一緒にお昼を食べているコウとミズキ、後ろからセナが三人で歩いてくるところだった。コウが日に焼けて真っ黒い、筋肉質な腕を私の肩にかけてくる。

「ユート、今日、学食行かない？　僕、今日、お弁当忘れてきちゃったんだよー」

「えー、僕持ってきちゃったもん。コウ、購買でパンでも買えばいいじゃない」

「あそこのパン、不味《まず》いんだもん。学食でお弁当食べればいいじゃん」

「まあいいけどさあー」

ふっと見上げると、セナが目を細めて、「ユート、あんまりコウを甘やかしちゃダメだよ」とテノールの声でいった。

私はぱっと俯《うつむ》いて、「そうだよね」と言い、ミズキが、

「まあまあ、いいじゃん、コウ、僕と学食行こうよ」

と笑った。ミズキは背が高くて、喋《しゃべ》ると喉仏《のどぼとけ》が動くのがよく見える。コウが「また

ミズキと二人かあ」と不満げに言い、「何だよ、その言い方」とミズキがコウの頭を叩《たた》く。いつもの朝の光景に、私は皆と一緒に笑い声をあげながら、トランスシャツで潰《つぶ》された胸元を押さえた。

セナのすっとした一重の目を見ていると、私はそのシャツの中、トランスシャツで締め付けられている身体がどうなっているのか、知りたいような、知りたくないような複雑な気持ちになる。

外が暑いせいか、セナの額は汗ばんでいた。その透明な液体を見つめていると、セナが不思議そうにこちらを見た。

「ユート？　どうしたの？」

セナのどこか濡《ぬ》れたような瞳を見ながら、私は首を横に振った。

私たちの学校では、「性別」が禁止されている。

学校にいない時間は自由だが、学校にいる間は、どちらでもない性として生活することになっている。

校舎の窓の外には緑しか見えない。

この学校の校舎は山の中にあるので、私たちはスクールバスに乗らないと、コンビニに行くこともできない。

ぼんやりと教室の中を眺めていると、不思議な気持ちになる。

皆、そろえたようなショートカット。化粧もピアスも禁止なので、リップクリームくらいしか塗っていない裸の唇だ。髪は短すぎず長すぎない、十センチほどの長さのショートカットと決められていて、一人称は「僕」でなければならない。校内でショートにすればいいのでウィッグでもいいのだが、私は面倒なので切ってしまっている。どうせプールの授業が始まれば、ウィッグは使えない。男の子の中には、金髪の坊主にして校内ではウィッグにしている子もたくさんいるみたいだ。

中学1年生くらいまでは、胸をつぶして同じ髪形にすれば性別はよくわからなかったが、男子の声が低くなり、女子の体つきも胸だけではなく全体的に変わってくると、だいたいの生徒の性別は一目で察しがついてしまう。高校生の私たちは同じ制服を着ていても、がっしりとした身体や身長、声、喉仏、柔らかい腕の曲線などが教室の中でむしろ鮮明に浮かび上がり、言わないだけでどちらの「性別」なのかわかった上で生活をしている。

朝あんなことを言っていたコウも、きっとわざとお弁当を忘れたのだと思う。私たちは学食にはほとんど行かないが、コウはお弁当を忘れたと言い、ミズキと二人で連れだって、お昼を私たちと食べないことがある。二人は学食へ行っているのではなく、どこかの空き教室でセックスをしているのだと、残された三人はどこかで気付いている。

がっしりとついたコウの腕の筋肉やミズキの180センチはありそうな身長と二人の喉仏を見ると、コウもミズキも肉体は男の子だ。性別をはっきりとは伝え合わない関係の中で、二人のセクシャリティのことなどまったくわからないが、ここにいるとそんなことはどうでもいいことに感じる。

ユキは155センチの私より背が低く、目が大きく、声も高いので、いくら「僕」などと言ったところで美少女であることがわかってしまい、実際に、何人かの男子からこっそり告白もされているみたいだ。

けれど、ごく稀《まれ》にだが教室の中にはどちらなのかまったくわからない子がいる。

セナは、その一人だった。

セナという名前も本名ではないのだろう。校内では、性別がわかる名前をもじって、別の名前を名乗ることになっている。

私は本名は優子《ゆうこ》だが、それだとすぐに女だとわかってしまうので「ユート」という名前で学校に登録している。

セナという名前は本当は芹菜《せりな》とか、それでなければまったく違う名前なのか、私にはわからない。

身長は170センチはあるだろう。でも手足は男にしては筋肉が少なく、喉仏もそんなに出てはいない。

私は性自認が女のヘテロセクシャルのつもりだが、セナを見つめているとき、そんなことはどうでもよくなり、ただかき乱され、セナの体温に触れたくなる。衝動をじっとこらえるので体の中を熱がまわり、耳が熱くなる。セナの紺色のズボンの中にどちらの性器があるのか。わからないからこそこれほど惹《ひ》かれるのかもしれないし、性別を知った上で出会っても好きだったのかもしれない。この胸の中を熱で引っ掻《か》かれるような感覚は、セナのあの細く長い脚の間にある性器がどちらだったとしても、変わらないことだと思っている。

視線に気が付かない様子で、セナは真面目にノートを取っていた。

セナの字は綺麗《きれい》で、「か」や「ば」の字の点の部分を離して書く癖があり、黄色や緑のマーカーを使って、几帳面《きちょうめん》に纏《まと》められている。セナのノートはわかりやすいので、試験前になると、いつも皆、セナにせがんでコピーをとらせてもらう。私も、いつも日本史と英語のノートを借りている。セナの字が淡々と並んだノートのコピーを、私は捨てることができずに、部屋のクローゼットの奥に全て仕舞いこんでいる。

セナのシャープペンシルがノートをくすぐるように細かく動いている。形のよい耳を、ショートカットの黒髪の先がさらりと撫《な》でている。

ふと、眼の端に眩《まぶ》しさを感じて振り向くと、ユキだった。

下敷きを反射させて、こちらに光を送っている。

子供みたいな悪戯《いたずら》に思わず笑いそうになると、ユキが前を指差した。

プリントを配って板書をしていた教師が、いつのまにかこちらを向いて、前の方で居眠りしていた生徒を叱りつけているところだった。私は慌てて前を向き、プリントに集中しているふりをした。

シャープペンシルの音が響く教室で、私たちの腕が、呼吸が、重なって、静まり返っていても、教室はどこか熱のあるざわめきで満ちている。

私は深呼吸をすると、数式をプリントに書き込みはじめた。


「ユートったら、堂々とプリントさぼってぼんやりしてるんだもの。先生に見つからなくてよかったよ」

昼休みが来て、お弁当を持って近付いてきたユキに、私は謝った。

「ごめん、なんかぼーっとしちゃって」

「今日は三人だね。コウとミズキは、また学食かあ」

セナの言葉にどきりとしたが、セナは気に留めない様子で、机をくっつけた。

セナは、お昼を食べすぎると午後眠くなると言って、いつも軽い食事しかしない。今日も、手作りらしいサンドイッチが並ぶ簡素なバスケットを開け、淡々と口に運んでいる。

セナは歯がとても綺麗だ。虫歯になったことがないという。色も形も薄い唇の奥で、セナの歯がどんなふうにサンドイッチをかみ砕き、唾液《だえき》が溶かしているのか、私の目には見えない。

ユキはお母さんの手作りだという、凝ったお弁当をいつも食べている。真っ白な頬に、ユキの長い睫毛《まつげ》が影を落とす。ユキは無造作にハンバーグをつつきながら、桃色の唇を開いた。

「ねえセナ、今日、放課後家に寄っていい？」

「ん、いいよ。この前借りてきた映画、まだ家にあるけど」

「ああそれ、同じ監督のもっと古いやつがあるって、先輩が言ってた。観たかったら貸してくれるって」

「ほんと？　観たいな」

「今日はCD聴かない？　前に言ってた廃盤になってるやつ、セナの家のアンティークのスピーカーで聴いてみたいんだけど」

セナとユキは仲がいい。コウとミズキみたいに付き合っているのかもしれない、と思うことがある。いつもセナは「ユートも来る？」と聞いてくれるが、一回行ったときマニアックでよく内容がわからない映画と、全く知らないアーティストのCDの話についていけなくて、それからは行くのをやめた。

セナの部屋は壁紙が藍色で、海の底にいるみたいだった。私が一緒に行ったとき、二人とも、ネクタイは緩めたけれどトランスシャツは脱がなかった。学校を出れば「性別」は特に禁止されていないが、自分の性別を明かすのはごく親しい人に限られている。私がいなければ、セナとユキはトランスシャツを脱いで、自然な状態になって映画や音楽を楽しんでいるのかもしれない。そう思うと、ますます行く気がしなかった。私は俯いて、お母さんが作ってくれたきんぴらごぼうを口に運んだ。

「ごめんね、ユート。ユートのよくわからない洋楽の話しちゃって」

弁当から顔をあげると、ユキが大きな目で心配そうに私の顔を覗《のぞ》き込んでいた。

「ううん、聞いてるだけで楽しいよ」

慌てて笑ってみせると、セナが言った。

「そういうの、わかるな。ユートも、またうちにおいでよ。ユートの好きな映画観ようよ。僕、趣味が違う人の好きな映画や音楽って、好きなんだ」

「へえ、意外。どうして？」

ユキの言葉に、「知らない場所に連れて行ってもらう感じがするから」と、セナがさらりと答えた。

「でも、僕が好きなやつなんて、きっとつまんないよ」

「そんなことないよ。僕、いつも好きな監督のやつしか観ないから、きっと新鮮で楽しいよ」

セナが薄い唇を綻《ほころ》ばせて笑った。

髪は真っ黒なのに、セナの瞳は色素が薄い。茶色い目で見つめられて、私は「……うん、じゃあ今度持ってくる」と頷《うなず》くのが精いっぱいだった。

セナの手にしているサンドイッチを覗き込んで、ユキが笑った。

「また、レタスだけのサンドイッチ食べてる。そんなものばっかり食べてたら、身体こわすよ」

「朝、時間がなかったんだ」

「それでも、ハムくらい挟めるでしょう」

「あんまり、肉って好きじゃないんだよ」

確かに、セナが肉を食べているのを見たことがない。豚や牛はもちろん、ハンバーグやソーセージもあまり好きじゃないみたいだ。

「よくそれでそんなに背が伸びたよね」

呆れたように言うユキに、「祖父が農家だから。野菜はいっつも、段ボールで何箱もあるんだよ」とセナが肩をすくめた。

ユキが「だからって、これはひどいよ。僕のハンバーグわけてあげようか?」と澄んだ声で言ってさらにセナの弁当箱を覗き込んだ。

私はユキのさらさらとした髪が、セナの首筋をくすぐる光景にぼんやりと見とれていた。

「……ユート?」

私が黙り込んでいるのに気が付いたのか、セナが茶色い目をこちらへ向けた。

「ユート、耳のうしろ、髪がはねちゃってるよ」

セナの長い指が突然伸びてきて、私は思わずびくっと身体をひいた。

「あ、ごめん。くすぐったかった?」

「ううん……」

私は慌てて首を横に振った。

「朝、学校来てから水で直したんだけど……癖っ毛で、いっつもここのところがはねちゃうんだ」

セナは指で私の髪に触れ、「ほんとだ、撫でても直らないや」と目を細めて笑った。

「きっと、眠るときに、いつも同じ姿勢なんだよ。同じところがはねる人って、そうだって聞いたことがある。眠りが深いんだね」

「そうかな」

「僕も髪ははねるけど、いつも違う場所に癖がついてるよ。僕は眠りが浅いんだ」

セナの指が私の髪から離れていく。耳たぶをかすめた冷たい指の感触に、身体が強《こわ》張《ば》った。

私は熱を持ってしまった耳を押さえることもできないまま、息を止めて、手元のお弁当を見つめているのが精いっぱいだった。


学校では、体育は体力別にABCの三クラスに分かれる。一番体力がないCクラスは、身体が女の子の生徒が多いと感じる。トランスシャツの上に体操服とジャージを着て、先生が怒らない程度に手を抜きながらバレーボールをしていた。

ユキと私はCクラスだ。Bクラスのミズキは外でサッカーを、Aクラスのセナとコウは隣のコートでバスケをしている。

ユキと私はバレーの試合を終え、審判をしていた。

「僕、球技って嫌い。ずっと審判してたいな」

「僕も」

ユキに頷いて見せながらも、視線はセナを追っていた。

ドリブルをしているセナを見つめていると、突然、ユキが言った。

「ユートはセナが好き？」

私は勢いよく振り向き、「……まさか！」と叫んだ。

「声が大きいよ、ユート。みんなこっち見てる」

ユキが小さく笑い、私は慌てて周りを見回し、隣のコートのセナがこちらを見ていないのにほっとして息をついた。

「……どうしてそう思うの？」

俯きながら、小さな声で尋ねると、ユキが言った。

「いつも見てるから。今もセナばかり見てたでしょう？」

「……セナはすごく姿勢がよくて、仕草がきれいだから。つい見ちゃうの。ああなりたいなあって思ってるだけだよ」

「ふうん。まあ、いいけど。ユート、今日の放課後、あいてる？　家にもらいもののケーキがあるんだけど、僕、甘いもの嫌いなんだ。食べに来ない？」

「うん、いいけど……セナとの約束は？」

「今日はいい。あの子とはいつでも会えるから。たまにはユートとゆっくり二人で話したいな」

ユキの大きな瞳で見つめられ、私は眩暈《めまい》がするような感覚に襲われながら、「……うん」と頷いた。

そういえば、ユキのお父さんは政治家だとか、大臣もやっているとかいう噂をうっすらと聞いたことがある。あまり気にしたことはなかったが、放課後にユキの後についていって辿《たど》り着いた大きな一戸建ての家を見て、思わず怖気《おじけ》づいて足を止めてしまった。

「どうしたの？　早くおいでよ」

ユキが自動で開く大きな門の前で振り向き、「ごめん、どうしよう、菓子折りとかそういうの、持ってきてない……」と呟《つぶや》くと、「そんなのいらないよ」と笑われた。気後れして躊躇《ちゅうちょ》する私の手を摑《つか》み、ユキは玄関のドアを開けた。

「ただいま」

「あら、おかえりなさい。お友達？」

顔をのぞかせたユキのお母さんは、思ったよりラフな服装をした普通の人だったので、ほっとして頭を下げた。

「あ、あの、初めまして、ユートといいます。ユキさんには、学校でいつもお世話になっています」

緊張して声が上ずってしまったが、「いいのよ、そんなに畏《かしこ》まらなくて。あとでケーキもっていくわね」と気さくに声をかけられた。

「ユートったら、どうしてそんなに緊張してるの」

ユキは笑いながら、靴を脱いであがり、「部屋にいこ。お母さん、今日は出かけるんでしょ？　ケーキは自分で用意するから」と言い残し、すたすたと階段の方へ向かってしまった。

「お邪魔します」

私は慌てて靴を脱いで、再び頭を下げ、ユキの後を追った。


ユキの部屋は、真っ白でシンプルな部屋だった。

ベッドと机の他には、部屋の中央にガラスのテーブルがあるだけだ。病院のような真っ白な部屋の中で、私は少し緊張しながら、ケーキを取りに行ったユキが戻ってくるのを待っていた。

「お待たせ」

やがてお盆を持ったユキが現れた。

「ユキは食べないの？」

私の前にミルフィーユを置くユキに尋ねると、「言ったでしょう？　甘いもの、好きじゃないんだ。僕は紅茶だけでいい」と微笑まれた。

家に帰ったというのに、ユキは制服姿のままだった。

　私がケーキを食べ終えても、ベッドに座って紅茶を飲んでいるユキに思わず声をかけた。

「ねえユキ、制服、着替えなくていいの？　苦しくない？　着替えるまで、廊下で待ってたほうがいい？」

「このままで平気だよ」

「でも、このシャツ、苦しいでしょう」

「僕は大丈夫。それとも、脱いでほしい？」

　長い睫毛を揺らしながら見つめられ、私は、「え、ううん、ユキが大丈夫なら」とどぎまぎしながら答えた。

「ユート、髪が少し伸びたんじゃない？」

「あ、そうかも、テストが忙しくて……」

「あんまり長くすると、校則違反で捕まっちゃうよ」

　ユキがベッドから立ち上がり、私の髪に指を絡めた。ユキの大きな目を見ているとくらくらするので、私は俯いた。

「そうだね……明日にでも、床屋に行こうかな……」

「そうしたほうがいいよ。僕が切ってあげてもいいけど」

「ユキ、そんなことできるの」

ちょっと驚いて顔をあげた瞬間、肩を抱き寄せられて、柔らかいものを唇に押し付けられた。

何が起こったのかわからずに瞬《まばた》きしていると、口の中に柔らかいものが入ってきた。それがユキの舌だとわかった瞬間、私はユキの小さな身体を突き飛ばしていた。

「何するの⁉」

ユキの小さな身体は簡単に私から離れていった。ユキは混乱している私に、静かに告げた。

「母さんは出かけた。家には誰もいない。僕たちが服を脱いで声をあげても、だれも気付かないよ」

「何、ユキ、どうしたの、何を言ってるの？」

「ユートこそ、どうしてわからないの？　僕はユートとセックスしたいんだ。ずっとしたかった」

「僕と⁉」

思わず声がひっくり返ってしまった。

ユキからセクシャルなものを感じたことは一度もなかった。ユキと性別の話をしたことはないけれど、ユキは女の子のはずだ。真っ白で柔らかそうな肌や華奢《きゃしゃ》な手足から、それは確実に伝わってくる。私も背が低くて貧相なほうなので、トランスシャツを着ていても、女の子だということは見ればわかるはずだ。よく告白されている姿が印象深いせいか、何となく彼女はヘテロセクシャルなのだろうと勝手に思いこんでいた。互いの性別を明かしていないせいで、誰のセクシャリティもわからないことが、今はもどかしく感じられた。

ユキはまるで絵画のような整った顔でこちらを見つめながら、

「好きだ。ずっと好きだった」

と言った。

「ユートと寝たくて、今日、この家に呼んだんだ」

私はユキの柔らかい唇で濡れた唇を拭《ぬぐ》いながら、

「……ご、ごめん、できない」

と答えた。

ユキの大きな目が鋭くなった。

「セナが好きだから？　でも、それは本当に恋愛？　セナの性別がどちらかわからないから、気になってる。それだけじゃない？」

「……だとしても、ユキとは、多分無理だよ。想像できないもの」

「それは、ユートが僕を女だと思い込んでるからだ。ユートはヘテロセクシャル？　でも、ユートは僕の身体、実際には見たことがないでしょう？　この制服の中に、本当はペニスがあったら？」

「…………」

私は息を呑《の》んで、ユキの身体を見た。

私より華奢なその手足は、細すぎるせいか、柔らかさより骨や筋肉の硬さが見て取れる。長すぎる睫毛も、少し高い声も、ユキを女の子だと断定する決定的な証拠とはいえない。混乱してユキを見上げると、大きな黒い目を細めて、ユキが囁《ささや》いた。

「ほら、わからなくなったでしょ？　それとも、こう言えばもっとわからなくなるかな。もし、この制服の中が、どちらの性別でもない身体だったら？」

「……え？」

「胸もペニスもヴァギナもない身体だよ。高校を出ても自分の性別が選べなくて、身体にそういう性別をなくす手術をする人がいるのは知っているでしょう。僕の身体がそうじゃないって、どうして言い切れる？」

「……まさか……」

「ユートは知らないんだね。インターネットをあんまりやらないみたいだし、しょうがないか。近い将来、性別は廃止されるんだよ」

「…………」

ユキの言いだしたことがあまりに突拍子もなくて、私は息を止めたまま、何も答えられずに呆然《ぼうぜん》とユキを見つめた。

「今、僕たちは校則で、校内での性別は禁止されている。小学校にあがると全員ショートカットにさせられ、第二次性徴が始まるころには全員、この苦しいトランスシャツの着用が義務付けられる。性別が学業の妨げになるとか、ジェンダーの差別を防ぐためだとか、もっともらしい理由でね」

「……そうだよ、これは、ただの校則でしょう？　学校から帰ればみんな、自分の好きな性別に戻って暮らしてる。大学に入ればこんな校則からは解放されて、男は男、女は女、好きでいられる。このまま性別を選ばずに中性で生きる道を選ぶ人ももちろんたくさんいるけど、多くの人はどちらかを選んで暮らしてく……」

「今はね。でも、未来はどうかな？　大人が動いてる。僕の父親の職業を知っているでしょう。だからこれは確実な情報だよ。多分、近い将来、性別廃止法案が議会に提出される。今みたいに、18歳まではなく、大人になってからもずっと、僕たちの世界から性別がなくなる」

「そんなこと……」

「不可能だって思う？　もちろん、卵子と精子ができる機能は残しておく。卵巣と精巣は残して、体外授精と人工子宮で胎児がつくられて育つ。睾丸《こうがん》は身体の中に入れてしまえば外からはわからない。性器を使わない出産形式になるから、性器の部分、そして胸の部分は、生まれてすぐに手術してしまう。もっと科学が進んだら、卵巣と精巣もいらなくなるだろうね。卵子と精子はただ培養されて、試験管の中だけで胎児が生まれる。それが僕たちの繁殖になって、恋とセックスは、性別から完全に自由になる。今よりもずっと完璧な形で」

「う……嘘でしょう？　そんなこと、あるわけない」

「家に帰って、ネットで検索してごらん。ニュースではやらない情報がたくさんある。でも、この法案に賛成している声は多いよ。たぶん、議会に出されたら通るだろうね」

「そんなこと……あるわけない、悪い冗談はやめて」

「ずっと前からあった計画なんだよ？　ユートが世間知らずなだけでね。学校にも、何人かは実験的に幼少期に身体を無性に手術した生徒がいる。本人の意志やセクシャリティとは関係がなく、ペニスも子宮も胸もない身体に改造された子供たちが。例えば、僕とか、セナとかね」

「嘘だよ！」

パニックになり、ほとんど涙目で叫んだ私を、ユキが子供を甘やかすような、困った顔で笑って見つめた。

「ユートは随分、古風なんだね。でも、高校を卒業した途端に『男』や『女』を身に纏い始める大人たちより、僕たちのほうがずっと自然だと思わない？　世界はなるべき形になっていこうとしているだけだよ」

私は立ち上がり、混乱で涙ぐんでしまった目を拭って、部屋を飛び出そうとした。その腕を、ユキが強い力で摑んだ。

ユキの、膨らみのない胸が背中に当たり、後ろから抱きすくめられた。その腕は想像していたより硬く、力は強かった。ユキが私の知らないユキに見えて、私はユキの腕の中で暴れた。

「恋に性別は関係ない。そうやって毎日、心の中でおまじないみたいに唱えていたのは、ユート、君でしょう？」

私はユキの身体を押しのけて、白い部屋を飛び出した。


翌日の体調は最悪だった。

昨夜は徹夜でインターネットを検索したけれど、ユキが言ったような法案やらニュースは出て来なかった。騙《だま》されたかとも思ったけれど、情報規制されているだけかもしれない、と疑心暗鬼になって、必死にインターネット中を探し続けた。

「ユート、大丈夫？　すごく顔色が悪いよ」

昼休みになるころには、セナが強引に私を保健室に連れて行った。

「午前中、ずっと無理していたでしょう。午後の授業は休んだほうがいい」

清潔なベッドに私を寝かしつけ、セナが少し困ったように微笑んだ。

「そんな不安そうな顔しないで。何かあったの？」

「……ううん、何もない……」

「なら、いいけど。悩みがあれば相談に乗るから、いつでも言うんだよ」

セナの長い指が、そっと私の髪を撫でた。

「……セナ、お昼ご飯食べなくていいの？」

「大丈夫。ユートのそばにいるよ」

「平気だよ。午後は体育でしょ」

「ここにいたほうが安心するよ。ユートの真っ青な顔を思い浮かべながら無理矢理胃にお昼ご飯を詰め込むよりは」

セナの目を見て、本当に心配させてしまっているのだということがわかった。

「……ごめんなさい。ありがとう」

私は素直に呟いて、セナのシャツを摑んだ。

白と緑のストライプの生地の奥に、真っ黒なトランスシャツが透けて見える。

セナは細い指で、私の髪を梳《す》いた。

「眠るまで、そのままシャツを摑んでいていいよ。そばにいるから」

セナのテノールの声は、私に甘い安らぎと凶暴な衝動を両方与える。セナの清潔なシャツに包まれて眠りたい。一方で、そのシャツを引き剥《は》がして、セナの身体の奥に踏み込みたい。黒いトランスシャツで隠された皮膚に触れたい、暴きたい、その体温を貪《むさぼ》りたい。

私は発情期なのだろうか。排卵日には女性は発情すると、前にインターネットで見たことがある。そのせいなのか、それとも単なる恋情のせいなのか、セナへの衝動で子宮が軋《きし》む。

シャツを握りしめる手に力をこめると、セナが笑って、私の血管が浮き出た右手をひんやりとした両手で包み込んだ。

「ユートは子供みたいだね。僕の小さな従妹《いとこ》と同じ。何かに甘えるとよく眠れるって言って、いつも僕のシャツを離さないんだ」

「……うん、きっとそう。僕、子供なんだ」

私の言葉に目を細めて微笑んだセナは、私がその形のいい唇の中から舌を引き摺《ず》り出して味わいたいと考えているなどとは、思いもよらないのだろう。セナはベッドサイドに置いてあったパイプ椅子に腰かけて、目を閉じて呟く。

「甘えられるほうも眠くなるのかな。ユートを見てたら、僕まで眠くなってきた」

「少し眠ったら？　昼休みが終わるころには起こしてあげるよ」

「それじゃあ、逆だよ。具合が悪いのはユートなのに」

少し掠《かす》れた声で呟いて、無防備にもセナは本当に眠ってしまった。椅子の背もたれに寄りかかり、首をかしげるようにして微《かす》かな寝息をたてている。熱い手でそのシャツを摑んだまま、私はセナの動かない睫毛を見つめていた。

遠くから、チャイムの音が聞こえる。セナの信頼を裏切らないために。私は自分の発情を搔き消してセナに声をかけなければいけない。そう思うのに、なかなか声が出せずに、セナの唇から洩《も》れる寝息を貪りたくて、私は泣きたいような気持ちで、セナのシャツの裾《すそ》をさらに強く握りしめた。

「……セナ、起きないと、午後の授業が始まるよ」

起きないと、このシャツを引き裂いてしまうかもしれないよ。心の中でそうつぶやきながら、私は掠れた声を絞り出した。


午後の授業は体育だった。私に揺り起こされたセナは急いで保健室を出て行き、入れ替わりに入ってきた保健の先生は、私の熱をはかり、微熱があるから眠っているようにと言った。

先生は、もし熱があがってきたら飲みなさい、と風邪薬を置いて保健室を出て行った。私は目が冴《さ》えて眠ることができず、起き上がって外を眺めた。

保健室の窓からは、外のプールが見える。プールサイドではしゃいでいる小さな人影をよくみると、それは体育Aクラスの面々のようだった。

プールのときは性別がわかってしまいやすいので、特に用心されている。着替えは個室で行われ、肘《ひじ》まである水着はトランスシャツと同じように胸を潰れさせる素材になっていて、その上に分厚いタンクトップのようなものでさらにラインを隠し、下半身は足首まである水着の上にハーフパンツを上から穿《は》いて見えないようになっている。

私は外ではしゃぎ声をあげる皆を見つめた。それから、プールサイドに座る、見学をしている数人の顔を見て、思わず裸足《はだし》のまま窓際に駆け寄った。

他の数人の生徒と一緒に、ジャージ姿で見学しているセナの姿があった。

私はいそいで上履きを履いて、「体調が良くなったので戻ります」と保健の先生宛にメモを残すと、教室へと走った。

セナがプールを休んでいる。もしかしたら月経かもしれないと思った。私は誰もいない教室に駆け込むと、セナの机へ行き、横に下げられているグレーの指定バッグを漁《あさ》った。

期待していたような生理用品は、いくら探しても見つからなかった。手帳を見ても、部活の予定が淡々と書いてあるだけで、性別がわかるような記述はどこにもない。色のない文房具、ミントのタブレット、洋楽のCDが二枚。携帯はロックされていて、中は見ることができなかった。

私は気が狂いそうになっていた。皆の性別が知りたくて知りたくてしょうがなくなっていた。

セナを諦《あきら》め、ユキの鞄をあけた。中には文庫本が数冊と、音楽プレイヤーがあるだけで、私物はほとんど入っていなかった。

ロッカーの中のユキの制服を見てみたが、そこからも、性別を表すものはどこにも見つからなかった。今からプールの更衣室まで走って、皆の荷物を漁ろうか。下着まで見れば何かわかるかもしれない。けれど、ほとんどの生徒は男も女もボクサーパンツのようなものを穿いているので、それを見てもわかるとは限らない。

物音がして、私はあわてて荷物を元通りにし、自分の席に座った。

「あ、ユート、もう大丈夫なの?」

早く終わったらしいBクラスのミズキが、汗を拭《ふ》きながら現れた。

「うん、ちょっと貧血だったみたい」

「ユート、細いもんなー。もっと食べなきゃだめだよ」

ミズキは、「あー暑い、僕もプールが良かったなー」と溜息をついて、スポーツドリンクを飲み込んだ。

長身のミズキは首も長くて筋張っている。そこに喉仏がちゃんとあるかどうか見ようと思わず首を伸ばして顔を近づけてしまい、「どうしたのユート、喉渇いてるの？いる？」と、ミズキに不思議そうな顔をされた。

「ううん、おいしそうに飲むなあって思っただけ」

「変なの」

ミズキが笑い、私はそのミズキすら遠くなってしまったような気持ちで、曖昧《あいまい》に笑い返して、自分の胸元を潰している黒いシャツをさすった。

「ユート。今、保健室に行こうと思ってたのに。もう大丈夫なの？」

ジャージ姿のセナが現れて、「無理しちゃだめだよ」と心配そうに私に近付いてきた。

「もう大丈夫。貧血がおさまったらヒマになっちゃって、戻ってきたの」

「そう？　それならいいけれど……」

プールには入っていないはずなのに、セナの髪が濡れている。

「セナこそ、どうしたの？　髪がびしょびしょだよ」

「ああ、これ。プールサイドで見学してたら、コウにふざけてかけられちゃったんだ。ひどいよね」

セナの濡れた髪が校舎の窓から入ってくる光を反射して光っている。滴が一つ、セナの頬を伝っていった。

「……タオルで拭いたほうがいいよ、セナ」

セナの首筋から、ジャージの襟の中へと潜っていく滴を見つめながら、私は囁くような声でそう呟くのが精いっぱいだった。

蝉の声がする。夏休みが近づいている。セナは透明な性別のまま、私を見つめている。

日曜日は、前々からの約束で、ユキとセナと三人でビリヤードへ出かけることになっていた。

正直、ユキの顔はあまり見たくなかったが、休日なら何かヒントがあるかもしれないと思って、身支度をした。

トランスシャツの上に青いチェックの半袖のシャツを着て、チノパンを穿く。本当は下着もボクサーパンツが良かったが、生理中なので、サニタリー用のショーツを身に着けた。それが異様に気恥ずかしかった。

私は生理が軽いほうで、三日ほどで終わってしまう。それでも丸一日生理用品を替えないわけにはいかないので、小さなポーチに生理用品を押し込み、鞄の奥底へ隠すように入れた。

待ち合わせ場所にいくと、やはり、休日だというのに二人ともトランスシャツを着ていた。

セナは真っ白なシャツに藍色のジーンズ。ユキは水色のTシャツを着ている。三人とも、服装だけでは性別がわからない恰好を選んでいる。

セナはビリヤードがとても上手だった。ハンデとして、ユキと私がペアを組み、それぞれ一回ずつ打ってセナと勝負したが、それでも全然敵《かな》わなかった。

負けたユキと私がセナにジュースを奢《おご》り、少し椅子に座って休憩した。

「次は違うハンデつけようか？　それとも、カットボールで勝負する？」

「それじゃまたセナが勝っちゃうよ。ちょっとハンデ考えるからまってよ」

肩をすくめたユキに、「じゃ、考えておいて。僕、ちょっとトイレ行ってくる」とセナが笑いかけて、席をたった。

私もトイレに行きたい、と言いそびれて、鞄を弄《もてあそ》んだ。そろそろ生理用品を替えたいし、さっきから生理痛でお腹が痛い。けれど、二人には言いだせなかった。

「どうしたの、そんなに大切そうに鞄を抱えて」

ユキが何気なく言っただけなのに、私は真っ赤になってしまった。

「何でもない。僕もトイレ行ってくる」

私は急いで立ち上がって、トイレへ向かった。

途中ではっと気が付いた。学校のトイレと違って、このビリヤード場があるショッピングモールのトイレなら男女が分かれている。今急いで追いかけて、どちらからセナが出てくるのか待てば、性別がわかるかもしれない。

そう思うといてもたってもいられず、ビリヤード場から駆け出して、ショッピングモールのトイレへと向かった。

トイレに着くと、セナがちょうど出てくるところだった。

「どうしたの？　ユートもトイレ？」

セナが出てきたのは、男女兼用の多目的トイレだった。

「う……うん。急に、お腹が痛くなっちゃって」

「そう。大丈夫？　もし体調悪かったら、どこか休めるところに移動しよう」

セナは「ユート、本当に、このところ顔色が悪いよ。僕まで不安になってくる」と、本当に心細い子供のような顔で私を見つめた。

「……心配させてごめんね」

意地汚くセナの性別を知ろうとしている自分が恥ずかしかった。セナは落ち着いているけれど、たまに、こんな風に子供のような顔をすることがある。セナのこういう顔を見ると、抱きしめたいような愛《いと》おしい気持ちと、そのまま押し倒してしまいたいような荒々しい衝動が同時に身体の内側を這《は》い上がってくる。セナの純粋な瞳に、自分の身体の中に渦巻く欲望を見抜かれてしまったらと思うと怖くなって、目をそらした。

「鞄、重くない？　持ってようか？」

「だ、大丈夫」

私は急いで、生理用品の入った鞄を抱きしめた。

「セナ、僕はいいから、ユキのところに行ってあげて。きっと一人で退屈してるから」

「でも……」

「本当に大丈夫だから」

セナは、不安げな表情のまま「わかった」と頷いた。

立ち去って行くセナの背中を見送ると、私はしっかりと鞄を抱きしめたまま、セナの出てきたトイレに入った。


トイレの中で、血に染まった生理用品を替えながら、私は泣きそうになっていた。いつもそんなことは気にしないのに、もしお腹が痛いといった私を心配したセナが戻ってきて外で待っていたらと思うと、必死に音を立てずに生理用品を取り替えた。それでも、シールをはがす音やポーチのチャックを開ける音がしてしまい、そのたびにかっと耳が熱くなる。

自分が女だということが、異様に恥ずかしかった。

数日前まではあんなに、「見えないけれど、確実にある」と信じていた性別というものが、私にはもうわからなくなっていた。本当に、そんなものはこの世界にまだ、あるのだろうか。あの校舎の中の皆は、もうとっくに手術を終えているのではないだろうか。世界中の人がもうとっくに無性になっていて、私だけが、女の身体のまま、一人で子宮を抱えて取り残されているのではないだろうか。

トイレを出ると、セナはいなかった。二人のところへ帰る気がしなくて、「ごめん、お腹が痛いから帰ります」とメールを打って、ショッピングモールの外へと駆け出した。

「どうしたの、ユート、突然？」

ほとんど半泣きのような状態で、辿り着いたのは、ショッピングモールの側にあるミズキのマンションだった。去年の夏休み、課題をやるために一度皆で集まったことがあって、場所を知っていたのだ。

「ごめんね、突然。どこかに逃げたかったけど、ここしか思いつかなくて」

「逃げるって、何から？　大丈夫？」

「どうしたんだよ、ミズキ」

部屋の奥から顔をのぞかせたのは、コウだった。

コウもミズキも、トランスシャツを着ていない。思わず必死に手を伸ばして、ミズキの胸を触った。

そこには確かに胸がなかった。でも、生まれつきのものなのか、手術でこうなったのか、私にはわからなかった。

パニックになりながら胸をべたべたと触ってくる私に、

「わ、どうしたんだよユート」

と、ミズキが困った顔をした。ただ事ではないと感じたのか、コウも玄関まで来て、

「すごい顔してるぞ、大丈夫かよ」

と心配そうに私の顔を覗き込んだ。

「ねえ、お願い。教えてほしいの。校則違反かもしれないけど、どうしても知りたいの。ミズキとコウは、男の子？　女の子？　ねえ、それとも、本当は、もう僕以外の人から、性別なんてなくなっちゃったの⁉」

ミズキの胸に縋《すが》りつく私に、二人は顔を見合わせて、困惑した様子で言った。

「ユート。今日は休みだし、別に校則違反じゃないよ。そんなに知りたいなら言うけど、僕たち、二人とも男だよ。胸がないだろ？」

「でも、中性になる手術をしているのかもしれないじゃない」

「そんなことないって。ユート、変だよ。どうしたの。誰かに何か言われた？」

落ち着かせるようにコウが私の背中を撫でてくれたが、私はまだパニックに陥っていた。

「どうしても証拠が見たいの。ねえ、一生のお願い。二人の身体が見たい。誰にも言わないし、二人が恋人だってことは知ってるし、自分が酷《ひど》くて、醜くて、デリカシーがないってこともわかってる。でも、絶対に二人が男の子だっていう証拠が、どうしても見たいの」

「どうしてもって……」

ミズキが絶句し、コウも呆気《あっけ》にとられていた。

「と……とにかく中に入って。落ち着いて」

ミズキが私を中に入れてくれ、奥のリビングに通された。コウが冷蔵庫から冷たい麦茶を持ってきてくれる。

私はたどたどしく、ユキから言われたことを説明した。

「そんなの、ユキの嘘だよ。俺、いつもネットのニュース見てるけど、そんなの聞いたことねーもん」

学校で会うときとは違う、男っぽい口調でコウが言った。

「ユキに騙されたんだよ、ユートは単純だから。性別がなくなるなんて、そんなわけないじゃん。今は大人になったらみんな、好きな性別を選んで暮らせて、誰も不自由してないだろ？　子供時代を中性で過ごすから、俺のトランスジェンダーの友達も自然に手術ができてよかったって言ってるよ。わざわざそんな馬鹿な世界になりっこないって」

「でも……今日も、セナがトイレに行ったんだけど、男用にも女用にも入らなかった。わざわざ、多目的トイレを使ってたんだよ」

「うーん……セナはなあ、俺から見ても、正直ちょっとどっちだかわかんねーんだけどさあ……」

そう言われて泣きそうになった私を見て、コウが慌てていった。

「でもさ、俺たちは絶対に男だぜ。性自認も肉体もオスだよ。手術もしてないし。なんなら、ペニスを見せてもいい。いや、よくないけど、そんなに見たいなら俺はいいよ」

「コウ！」

ミズキが驚いた声を上げたが、コウは肩をすくめた。

「いいじゃん、減るもんじゃないし。ただ、見ても気分悪くするなよ？　ユート、親父の見たことある？　けっこうグロいかもよ」

「お父さんのも見たことない……」

「箱入りだなあ。そういうところを、ユキはからかいたくなったんだよ。いいか、見てろよ」

コウが立ち上がって、ハーフパンツを下着ごと下ろした。

私は驚いて麦茶を落としそうになり、急いでミズキが受け止めた。

「コウが見せるなら、僕もいいけど……」

少し戸惑いながら、ミズキも立ち上がって、ジーンズを膝《ひざ》まで下ろしてくれた。

私の前に、四本の脚と、それぞれの脚の間にぶら下がった二つの性器が並んだ。

二人の脚は「女」である私とまったく違って筋肉質で、太腿《ふともも》には毛がびっしり生えていた。そして脚の間には、渦をまくように黒い毛があり、真ん中に、赤黒い性器がぶら下がっていた。

それは不思議な植物のようでもあり、水族館で見た深海生物のようでもあり、露出した臓器のような生々しさもあり、淡い桃色の部分は生まれたての赤ん坊の臍《へそ》の緒のようでもあった。それは、私が想像していたよりもずっと美しい、不思議な物体だった。

黒い毛に包まれた二人の性器を見つめていると、あまりに凝視する私に居心地が悪くなったのか、コウがもぞもぞと動いた。

「な、わかっただろ？　これで……何、お前、泣いてんの⁉」

コウに言われて気が付いたが、二人のペニスを見て安堵《あんど》感が押し寄せ、私は両目から大量に涙を流していた。

「よっぽど不安だったんだね。可哀想に」

二人は下着と服をもとに戻すと、私の頭を撫でてくれた。

「……ありがとう……」

安心したせいか、急速に眠気が押し寄せてきた。

ここ数日、一睡もできずに過ごしていて、今日も全速力で走ったので、身体に限界がきていたのだ。

「おい、おい、大丈夫かよ」

コウの焦った声を遠くに聞きながら、私の意識は遠のいていった。


目が覚めると、真っ暗な中にいた。

身じろぎすると、隣にいたミズキが目をあけた。

「あ、起きた？」

「ごめん僕、寝ちゃったの⁉」

慌てて身体を起こすと、「し、静かに。そっちでコウが寝てる」と囁かれた。

「今、何時？」

「もう夜中の2時だよ。大丈夫、ユートのご両親には僕が電話しといた」

「はっきりと聞いたわけじゃないけど、ユートは女の子なんだよね？　ぐっすり眠っちゃって起きないし、母さんは今夜いないし、僕と二人というのもまずいかなってことで、コウも泊めて三人で寝ることにしたんだ。嫌だった？」

「ううん」

慌てて首を振ると、「よかった」とミズキは表情を緩めた。

「本当にごめん。せっかく二人でいたのに、迷惑かけて……」

「平気だよ。僕たち、友達だろ？　多分さ、高校を卒業して、完全に男と女になったら、こんな風に子供みたいに一緒に寝たりできないんじゃないかなって思うんだけど。でも、今は、学校へ行けば皆、性別がない、只《ただ》の友達だからさ。たまには、こんなのもいいよ」

ミズキが頭を撫でてくれて、それはがっしりとした、確かな男性の手だった。

そのことに安心して、また涙が出そうになった。

「コウがすごく怒ってたよ。ユキのやつ、やりすぎだって。僕もそう思う。ただでさえ、不安定な中で暮らしてるのに、悪趣味な嘘だって」

「……ありがとう……」

本当に嘘なのだろうか。

皆が手術しているわけではないことはわかったが、性別が廃止されて、無性別の世界になっていくことは、本当なのではないだろうか。

それがいい未来なのか怖いことなのかすらわからず、「……ありがとう、甘えちゃって本当にごめん」と掠れた声で呟いて、目を閉じた。

背中からはコウの寝息が聞こえる。ミズキはしばらく私の背中を撫でてくれていたが、眠ったのか、その手はタオルケットの中に落ちていった。

私たちは性別のない教室で暮らしている。

そこで出会ったからこそ、友達になり、恋をし、そしてこんな風に一緒に眠っている。

性別をいくら奪われても、私たちは恋をする。恋は性別の中にあるわけじゃないからだ。

(大人たちより、僕たちのほうがずっと自然だと思わない？　世界はなるべき形になっていこうとしているだけだよ)

ユキの言葉が頭の中に蘇《よみがえ》る。これ以上考えたくなくて、闇の中で、強く目を閉じた。

翌日学校へ行くと、校内は大変な騒ぎになっていた。

一度家に帰って制服に着替えて登校した私は、慌てた様子のコウに下駄箱で捕まえられた。

「大変だぞ、ユート。ユキが……」

「え、ユキが何？　何かあったの？」

「とにかく、来ればわかるって」

　コウに手を摑まれて、転びそうになりながら走って教室へ駆け込んだ。

　教室の中では、クラスメイトたちが塊になって、遠巻きにユキの机を見て顔を見合わせていた。

　自分の席に座って脚を組んでいるユキは、「女」の恰好をしていた。

　第二ボタンまで開けられた制服のシャツから、黒いトランスシャツではなく、白色のブラジャーが透けている。ユキの胸の丸みを帯びたラインがシャツに柔らかい曲線を作っていて、トランスシャツを着ている私たちとまったく違う洋服を身に着けているように見える。

　シャツの下は、制服と似た紺色の、短いプリーツスカートだった。昨日ミズキとコウの家で見た二人の筋肉質な脚とはまるで違う、柔らかい輪郭のまっしろな太腿とふくらはぎをさらけ出している。

　髪形はショートのままだが、ゆるくウェーブがかかっていて、ガラスでできた真っ赤な花の髪飾りを頭に着けていた。

「ユキ！」

私の声に気が付いたのか、ユキが顔をあげてこちらを見た。

その目にはアイラインとマスカラがついていて、唇は赤く塗られていた。

昨日までのユキとは違う、「女」のユキがそこにいた。

私はユキのそばに駆け寄ろうとしたが、その前に、教師が教室に駆け込んできた。

「お前、すぐに職員室に行け！　すぐにだ！　お前らも、席につけ、一時間目は自習だ！」

担任の怒鳴り声に、生徒たちは黙って席についた。

ユキが立ち上がって、颯爽《さっそう》と職員室に向かっていった。不安になった私はついていこうと立ち上がりかけたが、ユキは大きな目を笑うように細めて、私を制した。

ユキはそのままスカートをはためかせて、廊下へと出て行った。教師は「そのまま自習だ、騒ぐなよ！」と私たちを怒鳴りつけ、ユキを追って教室を出て行った。

ユキが出て行ったあとの教室は物凄《ものすご》い騒ぎだった。

「朝、スクールバスにあの恰好のまま乗り込んできたんだよ！」

「誰も話しかけられなくてさ……」

「校内では『性別』は厳しく禁止されてるのに……停学か、下手したら退学じゃない？　ユキは何考えてるんだろ」

学校の中に、年老いた教師以外の「女」がいることなど生まれて初めての経験で、皆、興奮していた。私たちにとって、強烈に刺激的な光景だった。

ユキが戻ってきたのは、二時間目が終わった後だった。遠巻きに見ているクラスメイトたちから守るように、セナと私、ミズキとコウが急いでユキを取り囲んだ。

「ユキ、大丈夫だった？」

「お前どうしたんだよ、突然」

私たちの質問には答えず、小さく微笑むと、ユキは自分の机へ行って鞄に荷物を入れ始めた。

「ユキ、帰るの？　停学になったの？」

泣きそうな声で私が言うと、慰めるように私の頭を撫で、ユキがやっと口を開いた。

「このまま学校を辞めることになったわ」

「え⁉」

思ったより厳しい処罰に言葉を失うと、ユキが微笑んで続けた。

「勘違いしないで、先生たちは、停学でいいって言ったわ。自分から辞めるって言ったの。もううんざりよ。この鬱陶《うっとう》しい『校則』とはこれでおさらばよ」

女の喋り方をしているのを聞くと、ユキの声はとても甘い響きを持っていた。

私が何も喋れずにいると、隣にいたセナが言った。

「ユキはそれでいいの？」

「自分で決めたことよ。どうせ、卒業したら伯父《おじ》の会社を手伝うことになっていたし、それが早まるだけよ。この学校で学ぶべきことはもう学んだわ。私が学んだのは、恋をすること。それだけ」

　ユキが大きな目で私を見つめ、「でも、それももう終わりよ。もう行くわ。元気でね」と、荷物を持って教室を出て行った。

　突然の出来事についていけなくて、ミズキもコウも呆然と顔を見合わせていた。私はどうしてもユキと最後に話したくて、廊下へと走り出た。

　走って追いかけると、ユキは下駄箱で靴を履こうとしているところだった。それは少しヒールのある可愛らしいローファーだった。

　私に気が付くと、ユキは振り向いて、少し困ったように笑った。

「泣きそうよ、ユート。嘘ついてごめんね。性別廃止なんて、嘘っぱちよ。全部ハッタリだったの。でも、好きなのは本当よ。セックスしたかったのも、本当」

　私は泣いていた。俯いて涙を拭うと、ユキが笑うような声で溜息をついた。

「……わかってるわ。応《こた》えられないのよね。セナが好きなのね」

　私は黙ったまま頷いた。

　セナへの気持ちは膨れていくばかりだった。私は破裂しそうになりながら、毎日セナを見つめるようになっていた。

「セナの性別がどちらでも？」

「かまわない。ただ、セナのことが好きなの」

即座に答えると、ユキは満足げに頷いた。

「それでいいわ。違うって言ったら、ひっぱたいてたかもね」

「…………」

「ちゃんと伝えたほうがいいわ。このくだらない校則に縛られた校舎の中で、私たちが手にすることができる真実なんてそれくらいよ」

ユキは私の頬をつねると、「最後に」と額に口づけた。

「それじゃあ」

ユキは私に口づけた唇に大切そうに指で触れ、柔らかい脚を見せびらかすように、颯爽とこの校舎を去って行った。

私は、ユキが口づけた額を指で拭った。ユキの体温を握りしめるような気持ちで見つめた指先には、ユキの唇からうつった赤い口紅がついて、微かに紅《あか》く染まっていた。

ユキがいなくなった教室に戻ると、皆はもう席についていた。セナだけが、取り残されたようにユキの机のそばに立っていた。

「……どうしちゃったんだよ」

小さな声で、セナが呟いた。

「ユキは行ったよ。あれでよかったんだよ、ユキは」

「ユキだけじゃない。ユートもだ。昨日、お腹が痛いって嘘だったんだろう？　僕にはもう、ユキもユートもわからない」

途方にくれたように囁き、セナは俯いて自分の席へと戻って行った。

私はセナを追いかけようとしたが、荒々しく担任が入ってきたので、慌てて席についた。

「いいかお前ら、今日見たことは忘れろ。ちゃんと勉学に集中するんだ。よし、今から授業を始める。全員、教科書を開け」

担任は不機嫌そうに授業を始めた。

私はチャイムの音が待ち遠しかった。早くセナと話がしたかった。

セナのことをやっと捕まえられたのは、放課後になってからだった。

セナは誰とも口を利こうとせず、昼休みもどこかへ消えてしまった。放課後、部活へ行こうとするセナを、やっとの思いで捕まえたのだった。

「ねえセナ、話を聞いて」

セナは私を無視して行こうとしたが、必死に追いかけると、溜息をついて、「ここじゃ話しにくいから」と屋上へ向かってくれた。そして、昨夜のことを冷たい目で指摘されたのだった。

「昨日、二人のところに泊まったんだってね」

私はぎくりとして、俯いた。セナは淡々と続けた。

「僕たちにはお腹が痛いと嘘をついて、二人のところに行くなんて。二人が恋人同士なのは、ユートだって気付いてるだろ？　そこに踏み込んでいくなんて、デリカシーがなさすぎるよ」

「…………」

反論できなくて俯くと、セナが真っ直ぐに私を見た。

「君が、こそこそ僕たちの『性別』を嗅《か》ぎまわってたのは知ってる。ミズキとコウの性別が知れて、満足だった？　ユートは、どちらかのことが好きなわけ？」

「違うよ」

必死に否定しても、セナの表情は変わらなかった。

「それじゃあ、『男』なら誰でもよくて、ミズキのところへ行った？　ユキは言わなくても女だってわかるし、僕の性別はわからないから。そうなんだろ？　ユートは『女』なんだな。不気味なくらいに」

私はセナに冷たく言い放たれて硬直した。

「僕は……わからない」

「わからない？」

怒っていたセナが、意外そうな顔で私を見た。

「僕の身体は、確かに『女』なのかもしれない。でも、わかんないんだ。だって、僕はセナが好きなんだ」

セナは瞬きをしたあと、不快そうに目を細めて、「僕が『男』に見えるから？」と言った。

「違うよ、そうじゃない！　どちらでもいい、好きなんだ。自分のことをずっと性自認は女の、ヘテロセクシャルだと思ってた。でも、僕の『心』は、本当は男でも女でもないのかもしれない。どちらでもかまわずに『セナ』のことだけがただ、好きなんだから」

「……それじゃあ、どうして昨日、ミズキのところへ？　僕が好きなら、僕の側にいればいいだろ」

「わからないけど、不安になったんだ。世の中から性別なんて、もうなくなってるんじゃないかって。僕だけが『女』なんじゃないかって。でも、だとしても、セナを好きな気持ちは変わらない」

真っ直ぐにセナを見つめて言うと、セナは少し戸惑っているみたいだった。

「……言い過ぎたよ。ごめん。ユートはそんな子じゃないって知ってるのに、逆上してた」

セナが小さな声で言った。

セナは、たまに見せる、あの迷子の子供のような表情になっていた。

「……ユキだって、僕の性別がわからなくても友達だって言ってくれた。なのに、突然『女』になって行ってしまった。ユートもそうなんじゃないかって、怖くなるんだ」

「そんなことない。僕はセナの側を離れないよ」

「……確かに、この校舎の中にいると、気が狂いそうになるときがある。でも、僕にはそれが心地いいんだ。狂っている状態がね」

「どういうこと？」

「僕はたぶん、『無性』なんだ。子供の頃から、今の状態が心地よくて、18歳になったらすぐに手術しようと思ってる」

「…………」

なんとなくそう思ってた、と考えながら私は頷いた。

「告白なんてされたの初めてだよ。いつも、それより前に『セナはどっちなの？』って聞かれてた。どちらかだって答えたら、恋愛対象にはならない、という態度でね。

でも、僕はどちらにしろその人たちの恋愛対象じゃない。だって、僕の心には性別がないんだから」

「僕はセナが好きだよ。どちらでもいいし、知らないままでいい。好きなんだ。嗅ぎまわったりしてごめん。でもそれは、どちらでも自分はセナが好きだってことを知りたかったからなんだ、きっと」

「……ユートは口がうまいな。嗅ぎまわられるのは一番嫌なことなのに、許したくなる」

セナが小さな声で言った。

「デリカシーがなかったのは、謝るよ。でも、この気持ちは信じてほしい。セナが好きなんだ」

繰り返す私に、セナが困った顔で笑った。

「ありがとう。うれしいよ。……僕も、ユートのことが好きなのかもしれない。ミズキのところに行ったって聞いて、かっとした。ユートは結局、『男』と恋愛がしたかったのかってね。それは嫉妬《しっと》だったのかもしれない」

息を呑んだ私に、セナが続けた。

「でも、気持ちに応えることはできない。僕は自分の身体の性別を明かすことはできないし、そのままじゃ、恋愛なんてできないだろ？」

「どうして？　知らないままでもいいよ。少しもかまわない」

セナはますます困った顔になり、「でも、それじゃあ、キスしかできない」と言った。

「それでいいよ。恋をしたらセックスをしなければいけないなんて、誰が決めたの？　それに、性別を知らないとセックスができないなんて、きっと思い込みだって思う」

セナは驚いた様子で私を見つめた。色素の薄い瞳に見据えられて胸が高鳴ったが、目はそらさなかった。

「僕はセナとキスがしたい。たぶん、セックスもしたい。セナの性別を知らないままでいい。恋がしたいんだ、セナと」

「……できるって思うの？　本当に？」

セナが囁くように言った。

「どうして、セナはできないって思うの？」

尋ねると、セナはふっと泣きそうな顔になった。

いつのまにか、私はセナの制服の裾を掴んでいた。セナの唇に、唇を寄せていった。セナは逃げなかった。私たちの唇が重なった。

そのまま二人で手をつないで忍び込んだ保健室には、誰もいなかった。

セナと私は保健室に鍵をかけて、二人でシーツの中に滑り込んだ。

「セナは服を脱がないで。そのままでいい」

私の言葉に、セナが小さく頷いた。

セナの長い手足が、シーツの中で溺《おぼ》れるように動いていた。セナと舌を絡めると、セナが呟いた。

「唾液には性別がないね。ユートの味がする」

服を着たままのセナの前で、私だけが服を脱ぎ、トランスシャツ一枚になった。生理は今朝には終わっていたので、下着はボクサーパンツだった。

セナは、私の下着の中に手を入れていた。

「濡れた穴がある」

「そうだよ。男でも女でもない。ただ、濡れただけの穴だよ」

私の言葉に、セナが子供のような目で、「そうなの？」と言った。

「うん。セナとセックスするためだけの器官だから」

セナが、不安そうに言った。

「僕たち、繋《つな》がれる？」

「恋人同士が繋がる方法って、性器を繋げるって意味だけじゃないよ。ちゃんと、繋がれるって思う」

やってみたことはないけれど、ずっと前から知っていたような気持ちで、私は答えた。

セナの長い指が、私の濡れた穴へと入り込んできた。

「どうしてほしい?」

「セナは、どうしたい? 僕は、セナの足の指にさわりたい」

セナの足の指は長くて綺麗で、いつも見ていた。セナは頷いた。

「じゃあ、目を閉じて。決して開けないでくれる?」

私はセナの言うとおりに目を閉じた。

セナが服を脱ぐ音がした。私はシーツを握りしめながらそれを聞いていた。やがて、セナの手が私の手首を摑んで、自分の肌へと導いた。

「ここを撫でていて」

それはセナの裸の背骨だった。セナの冷たい皮膚に触れた瞬間、涙が出そうになった。

暴きたかったのはこれなのだ。セナの性別が知りたかったわけじゃない。セナの生身の肌に、触れたかった。熱を与え合いたかった。それだけだったのだ。

私は目を閉じたまま、セナの肌に触れ、舌でセナの汗を味わった。

セナがどこまで脱いでいるのかはわからなかったが、私の手も舌も、セナという一四の動物をひたむきに味わい、絡みついた。

やがて、性器が、セナの「何か」に触れた。それは柔らかく濡れていた。舌なのか、勃起していない性器なのか、耳たぶなのか、濡れた足の指なのか……とにかく柔らかいその物体は、私の性器を擽《くすぐ》り始めた。

「何か」は私の中へ入ってきた。

「何か」は私の中で蠢《うごめ》き、私はセナにしがみついた。セナはいつのまにか素肌にシャツを羽織っていたようだったが、自分の手が握りしめているのが、背中なのか制服の襟元なのか、裾なのかすらわからなかった。

セナ、私たち、セックスをしてる。そう伝えたかったけれど、声は出なかった。

私たちは性別がないまま、何度も達した。セナの様子は見えなかったが、声でそれとわかった。

やがて、セナの「何か」は私の性器を離れ、唇へと降りてきた。私はそこから溢《あふ》れてくる性別のない液体を、必死に飲み込み続けていた。

遠くからチャイムの音が聞こえる。私たちは、溺れるように、シーツの中で互いの身体にしがみついていた。

変容

なんだか、いい人ばかりの穏やかな店だな、と思ったのは、近くのファミリーレストランで、久し振りにパートタイムで働き始めたときのことだった。大学生のころアルバイトをしたことはあるが、40歳になって再びファミリーレストランで働くことになるとは思ってもみなかった。

どこかでパートでもしてみたら？　と夫に提案されたのは、病気になった母の看病が一段落し、家で鬱々《うつうつ》としていたときのことだった。母の手術がうまくいき、術後も順調で、横浜《よこはま》の実家と病院を行き来し、家事が一切できない父のパンツを洗う必要もなくなった。退院して実家に戻った母に、体を動かしていないとなまるからもうそんなにこなくていい、と言われ、会社までやめて両親の世話をしていた私は、そのまま宙ぶらりんになった。2年間も病院と実家に通い詰めていたので、いきなり社会に戻る勇気が出ず、憂鬱な気分で家に籠《こも》っている私を、夫は心配してくれていた。

「真琴《まこと》さんは本来、家事より外で働くほうが好きでしょう？　真琴さんのペースでいいから、少しずつ前の生活に戻っていったらどうかな」

2年間も夫と両親の顔ばかりみていた私は、夫の言葉に気持ちが楽になった。学生時代から付き合っている夫は穏やかな人で、激情型の私は夫ののんびりした性格に救われていた。彼に感謝しながら、近所のファミリーレストランの面接を受け、朝から昼過ぎまでのシフトで働き始めたのだった。

私の勤務時間は朝の8時から昼の1時までだった。店は思った以上に忙しく、昼のピークが近づくと、全員で準備や接客に走り回ってへとへとになった。

朝、朝食を食べにくる客の軽いピークがおさまり、ランチにむけて一瞬穏やかになった店の中で、食器の整理やメニューの入れ替えをしながら軽い雑談をするのが、唯一の楽しみになった。走り回っていない時間はそのときだけだったし、家族ではない人としゃべるのは新鮮だった。その時間によくシフトが一緒になるのは、大学生の高《たか》岡《おか》くんと雪崎《ゆきざき》さんだった。最初は、大学生とはあまりに年齢差があるのではと不安だったが、二人とも真面目で、しっかりしていて穏やかで、不慣れな私に丁寧に仕事を教えてくれた。私は彼らと過ごす時間を心地よく感じるようになっていた。

最初に違和感を覚えたのは、酔っ払いの客がやってきたときだった。朝、着替えてフロアに出ると、どうも近くの居酒屋で飲み明かしたらしい騒がしい中年男性の団体が、高岡くんにしつこく絡んでいた。

「このパフェ、メニューの写真と違うじゃねえかよお！　おまえ学生か？　なめてんじゃねえぞ、こら」

「恐れ入ります、こちらのお写真は、期間限定の『あまおうスペシャルパフェ』でございます。ご注文はこちらの通常のいちごパフェで承っております。わかりづらくて大変申し訳ありませんでした」

「そっちのミスだろうが！　早く作り直せよ、てめえ！」

「かしこまりました。では、いちごパフェをキャンセルとさせていただき、新しく『あまおうスペシャルパフェ』をお作りいたしますね。お値段が、850円から1600円に変わってしまいますが、よろしいでしょうか」

「てめーが間違えたんだから850円でこれとっとと作ってこいや！」

一人の男性客が怒鳴り、「ぐだぐだマニュアル対応しやがって、なめてんのか!?　こんな溶けたのもういらねえから、早く持ってこいよ！」と手前の男性が吐き捨てるように言った。

「大変申し訳ありませんでした。金額についても、今確認してまいりますね。少々お待ちください」

高岡くんはにっこりと微笑んでお辞儀をした。

カウンターの中に戻って新しいパフェを作り始めた高岡くんは、唖然《あぜん》としている私を見て、「あ、おはようございます」と会釈した。

私は思わず、淡々と「あまおうスペシャルパフェ」を作る高岡くんに声をかけた。

「えらいね、嫌なお客さんにもむっとした顔もしないで」

「むっとする……?」

高岡くんは私の言葉にぴんとこない様子だった。

高岡くんは黙々と新しいパフェを作り上げ、騒がしいテーブルへと運んでいった。

若いのに穏やかで人間ができているなあと、そのときは思ったのだった。


数日後、常連の女性にモーニングセットを運んでいると、「いいから頭下げて謝罪しろ!」という怒鳴り声が聞こえた。

トラブルが起きたということがその声と共に響き渡って店内の空気が変わり、あっという間に不穏な雰囲気に包まれる。常連の女性も眉《まゆ》をひそめて、早くなんとかしろと言いたげに私に視線をよこした。

お騒がせして申し訳ありませんと頭を下げ、騒ぎのほうへ向かうと、さっき私が注文をとった老人が雪崎さんに怒鳴り声をあげていた。

なにか自分のミスのせいでトラブルになったのではと焦ったが、どうやら注文したドリアがまだこない、と怒っているらしい。私は急いでキッチンに、さっき注文したドリアのお客様が怒っているからなるべく急いでほしいと伝えた。

「もう1時間は待ってるぞ！」

「大変申し訳ありません、ただいま厨房《ちゅうぼう》に確認してまいります」

「そんなのはいい、来るまでそうやっておまえも頭を下げてろ！」

私が慌てて雪崎さんのところへいき、厨房に確認したらオーダーはもう通っており、急いでお作りしていますとお伝えすると、老人はそれでもぶつぶつ文句を言っていた。出来上がったドリアを急いで運んでも、老人は不満顔だった。そもそも注文して10分もしないのに怒鳴りだしたのはどういうことなのかと腹が立った。

「おいお前、チーズがないぞ！　粉チーズを持ってこい！」

老人は私ではなく横でほかの客のオーダーをとっていた雪崎さんを呼び止めて、セルフサービスになっている調味料のコーナーを指さした。オーダーをとった私ではなく、気弱そうな雪崎さんにいちいち絡むのが、若くてかわいい女の子をいびりたいだけなのではないかと感じられて、いらだった。

文句を言ってやりたかったが、雪崎さんは、嫌な顔一つせず、「気が利かねえな、タバスコもだよ！」と指さす老人に「かしこまりました」と微笑んでタバスコを運んでいる。プロの風格だと、私は感心した。老人が会計を終えて帰っていくと、雪崎さんに思わず声をかけた。

「すごいね、雪崎さん！　接客のプロ！　あんな人に嫌な顔一つしないで、我慢して笑顔で対応して、ほんとうに偉い！　人間できてる！　尊敬しちゃうよ！」

「え、どうしたんですか川中《かわなか》さん。全然そんなことないですよ」

「雪崎さんも、高岡くんも、嫌なお客さんを見ても嫌な顔一つしないよね。プロって感じ、偉いよなあ。私って、かっとなりやすくて。あんなこと言われたらすぐ、苛々《いらいら》して喧嘩《けんか》になっちゃう」

「かっとなる……」

雪崎さんが不思議そうな顔をした。

「川中さんって、たまに不思議な言葉を使いますよね。ちょっと古風な、ええと、ああ、ほら、映画とか漫画とかではよく使われるけれど、実際に口に出したことはあまりないような……」

「ああ、雪崎さんが言ってる感じ、わかる！　そうだよね、教科書とかによく載ってる言葉だよね」

奥で日替わりランチ用のメニューを入れ替えていた高岡くんが私たちの会話を聞いていたらしく、話に入ってきた。

「この前も、ええと、むわっとじゃなくて」

「むっとする？」

「ああ、それです」

「ああ、本でなら読んだことあります」

雪崎さんが頷《うなず》いた。

二人の会話を聞いた私は思わず吹き出した。

「え、二人とも、自分では感じたことがないってこと？　苛々したり怒ったりしたことないなんて、すごい聖人ってことになっちゃうよ！　あはは」

私は笑い声をあげたが、二人は顔を見合わせた。戸惑った表情で、高岡くんが私に視線をよこした。

「怒る……。あの、漢字で書くと、女、又、心のあれですよね、よく見るやつ」

「そうだけど」

私はだんだんと苛々してきた。二人して自分をからかっているのではないかという気がした。

「それ、教科書とか昔の本とかですごく出てきますよね。もちろん学校で習ったんで辞書の上での意味はわかるんですけど……」

「うんうん、なんか、自分では感じたことがない気持ちだから。感情が高ぶって、でも感動とは違う感覚で……もっと、ああ、そうだ、はらわたが煮えくり返る、って感じになるんですよね？　いくら説明されても、難しくって……。昔のドラマとか映画も、怒るシーンってよくわからないんです。あの、なんで怒るときって、気持ちを論理的に説明して議論するのではなく、わざわざ叫ぶんですかね？　なんか、非合理的じゃないですか？」

「うちもそう。うちは親も怒るってことがわからない人たちだから、学校へ行って校長先生が怒鳴ってるの見たとき、びっくりしたなあ。なんで、相手に丁寧に伝えるんじゃなくて、あんなに目と口を大きく開けて叫んだりするんですか？」

私はなんだか怖くなって、無垢《むく》に問いかけてくる二人から逃げるように後ろに一歩下がった。

「どうしたんですか、川中さん！　私、知りたいんです！」

二人はにこにこと無邪気に私を見つめ、微笑みながら近づいてきた。その笑顔が、今はおぞましく感じられた。

「ああ、若者から『怒り』という感情がなくなりつつあるって、そういえば、最近よくテレビで特集されてるなあ」

「怒りがない⁉」

夫の言葉に私は仰天した。帰宅した夫を捕まえて、今日のことを捲《まく》し立てたのだ。

夫はスーツを脱ぎながら呑気《のんき》に言った。

「うちの会社でも、若い人たちはあんまり怒らないよ。最近のドラマとか、怒るシーンがなくなってきてるみたいだよ。わからない人が増えたからって」

私は簡単には納得できず、ネクタイを解《ほど》いている夫の腕をつかんだ。

「あの、たまになら、そういう人がいるのはわかるけど、若者全員から一斉に怒りがなくなってくなんて、そんなことある？」

「わからないけど。でも、つられるっていうか、若い人たちと話してると、僕もあんまり怒る気持ちって湧かないんだよなあ。というか、言われてみると、子供のころからそんなに怒ることってなかったかも。親はすごい怒りっぽい人たちだったんだけどね、僕は悲しくなることはあっても怒ることってそんなになかったなあ。最近は、『怒る』じゃなくて『悲しい』を使うかな。そっちのほうが自分にしっくりくるし、若い人にも通じるし」

そういえば、夫が何かに怒っているのを見たことがない。昔から穏やかな人だと思っていたが、元から怒りの感情が薄い人だったのだろうか。私はそんなはずない、と、病院の看護師やよく行くスーパーの店員など、私がこの2年の間に関わった僅《わず》かな若い人たちを思い浮かべたが、確かにみんな笑顔だった。その前、会社勤めしていたときは、私が一番若いような会社だったのでよくわからない。いつから、こんな変化が始まっていたのだろう。

「でもまあ、いい傾向なんじゃない？　その大学生の子がいう通り、怒っているより冷静に話し合ったほうが建設的だしさ。穏やかな世の中になっていくっていうことだよ」

「そうかなあ。なんか、怖くない？　怒りって、大切な感情じゃない。そりゃあ、喧嘩になったり怒鳴りあったりするのは冷静じゃないかもしれないけど、でも、怒りって、それだけじゃないでしょ？　もっと、本当の自分がめらめら燃えているような、そういうパワーのある、美しい気持ちじゃない。自分自身にとって大切なものを守ろうっていう、素晴らしい感情じゃない。悲しい、だけじゃカバーできないことがたくさんあるんじゃないかな。ねえ、教えてあげなくていいのかな？」

「え、なにを？」

「だから、怒るってことを！　若い子は気が優しくて人生経験が乏しいから自分が本当は怒ってるんだ、ってことに上手に気がつくことができずにいるだけかもしれないじゃない。私たち、『怒り』をちゃんと知っている世代が、若い子にきちんと『怒り』を教えてあげるべきなんじゃないのかな？」

ルームウェアに着替えた夫が困ったように笑った。

「えー、でも、ないものを教えられても、若い人たちだって困るだけじゃないかなあ。

もしそうなら、成長していくうちに気がつくんじゃないの？　別に真琴さんが怒りの伝道師になって若い人に教える必要なんて、ないと思うけどなあ。ねえ、それより、今日も立ち仕事で疲れたんじゃない？　昼に行ったインド料理屋が美味《おい》しくてさ、会社帰りに通り掛かったらテイクアウトもやってたから、買ってきたんだ。今夜はこれにしようよ」

「それじゃあ、裕二《ゆうじ》くん、昼も夜もカレーになっちゃわない？」

「へいきへいき、昼はマトン、これはほうれん草とバターチキンカレー。真琴さん、ほうれん草のカレー、好きでしょ？　食べてみようよ、ほんとに美味しいお店だったから」

「ありがとう……」

何か有耶無耶《うやむや》にされてしまった気もしたが、怒りっぽい自分が夫のこうした穏やかな性格に惹《ひ》かれ、いつも救われているのも事実だった。

夫は穏やかに微笑んでいる。確かに最初から彼は温厚な人だったが、これほどだったただろうか。変容したのだろうか。いつの間に？

私は世間から遮断されているうちに、変容しそびれてしまったのかもしれない。

夫が台所で鼻歌を歌っている。美味しいカレーの匂いが漂ってくる。金切り声をあげたい衝動にかられたが、堪《こら》えて、「うわー、ありがとう！　インドカレー久しぶりだなあ！　うれしいなあ！」と、夫を模倣し、自分にできる精いっぱいの穏やかな声を出した。

「わー、真琴の家、久しぶり！　変わってなーい！」

やっと実家のほうが落ち着いたと連絡すると、「久しぶりに会おうよ！」と純子《じゅんこ》からすぐ返事があった。純子は大学時代からの親友で、私が親の介護でストレスに悩まされているときも、メッセージアプリでたまに、美味しい食べ物とか、会社の近くで見た満開の桜とか、気持ちが明るくなるメッセージを送ってくれていた。

久しぶりに会う純子は、髪形や服装が少し変わっていた。もっと派手な印象だったが、今日はナチュラルな色のベージュのセットアップに身を包んでいる。

「ごめんねー、突然夜がダメになっちゃって。裕二くんにも久しぶりに会えればよかったんだけど」

「ううん、私は二人で久しぶりに話せたほうがうれしいし」

純子は随分忙しそうで、最初は久しぶりに夫も一緒にディナーをしようという話だったのが、お店を予約してから急に連絡があり、夜に仕事の予定が入ったのでランチにならないか、と言われ予定変更になったのだった。せっかく予約したのに、とは思ったが、忙しいのならしかたないと、急遽《きゅうきょ》軽いランチに変更し、買ったものを持ち寄って、私の家でノンアルコールのシャンパンを飲もうと提案した。裕二は昼は友達と予定があったので参加できず、二人で乾杯することになった。

アルコールの入っていないシャンパンをグラスに注ぎ、微笑みあって持ち上げた。グラスについたベージュの口紅を親指で拭《ぬぐ》いながら、純子が言う。

「それでどう？　ファミレスでパートやってるんでしょ？」

「そう、接客は学生時代にやってたしと思ってたんだけど、横暴な客も多くて嫌になるよ。この前もさ……」

私が、高岡くんと雪崎さんが頭を下げさせられた顚末《てんまつ》を語ると、純子が溜息《ためいき》をついた。

「そう、それは嫌な思いしたね。うちらより年上の人たちが大学生のアルバイトにそんな風に絡むなんて。とっても悲しいね」

「『悲しい』……」

純子もか、と思った。溜息をついて、純子がソファに寄り掛かる。

「世代間の感覚の差が、そういうトラブルを引き起こしてるんだよね。ほら、もう、若い世代で怒る人ってあんまりいないじゃない？　でも年配の人たちはついていけてないんだよね、そういう『今の感覚』に」

「はは、あのさ、実は私も、まだけっこう怒ったりとかしてるほうなんだよね」

なるべく深刻にならないように笑いながら告げると、純子が大声をあげながらのけぞった。

「やだー！　やめてよ真琴ー！　ちゃんと時代についていかないとだめだよー！」

「はは、ちょっと家のことに振り回されすぎたかな。なんだか、世間についていけなくて」

「だめだめー！　ちゃんと家を出て人と話さないとー！　ああ、そうだ、来週、パブリック・ネクスト・スピリット・プライオリティ・ホームパーティーがあるんだけどくる？」

「え、ごめん、なに？　パブリック？　ホーム？　なに？」

「ああ、言ってなかったっけ？　夫が主宰しているパブリック・ネクスト・スピリット・プライオリティ・ホームパーティー、まあつまり、精神のステージを上げていくための交流会みたいなものなんだけれど、月に一度、日曜日に開催してるの。今夜の用事もそれの幹部会なんだよね。ああ、誤解しないでよね、一時期流行《はや》ったような胡散臭《うさんくさ》いのと違って、うーん、なんて説明すればいいのかな。一人、目立った中心人物が教祖みたいに仕切ってるカルトみたいなのって、もう古いし、コンテンツとしてつまんないんだよね。うちはね、全員がカリスマなの。全員が主役。それがうちのパブリック・ネクスト・スピリット・プライオリティ・ホームパーティーの方針」

「そう、なんだ」

私は曖昧《あいまい》に頷いた。

「あーっ、真琴、胡散臭いと思ってるでしょー。そういうの、表情でわかっちゃうんだよねー。え、本当に聞いたことない？　今、自分を高めようっていう意識のある人は、みんなどこかのパブリック・ネクスト・スピリット・プライオリティ・ホームパーティーに所属してるよ？　私も、主宰者の妻でありながら、三つのパブスピホムパに入ってるし。そのほうが、いろいろな世界を感じられて、効果があるんだよね。魂が広がってく、っていう感じかな」

「へえ、すごいね。パブスピなんとか、略すと呪文《じゅもん》みたい。はは」

「うちはね、会費安くて、一か月6万円。びっくりでしょ？　こんなにリーズナブルでやってけるのかって思っちゃうでしょ？　でもけっこう人数が集まってくれたおかげで、なんとか運営できてるの。ファミリーは、流動性あるけど今は百人以上いるかな。ああ、ファミリーっていっても家族じゃなくて、家族以上の存在って意味のファミリーだからね。今日の夜、突然予定が入ったのも、ファミリーみんなで海外に行く計画が持ちあがって、今日の幹部会ではその企画会議をするの」

「そうなんだー」

自分とのディナーよりそのよくわからない会が優先されたことに静かに傷つきなが

ら、私は微笑んでグラスを傾けた。

「あ、これ、名刺ね。この赤いシールがついた名刺があると、一回無料で来ることができるから。真琴なら大歓迎！　そのバイト先の子にも配ってあげて。きっといい経験になるから」

「わー、ありがとう」

私は純子の名刺を十枚ほど受け取った。私はそれを「すごーい」と眺めたあと、ローテーブルの隅に置いた。

「もー、だめだよ真琴、ぼやぼやしてちゃ！　一生、精神のステージが低いままになっちゃうよ！　そのままじゃ、ええとほら、あの人覚えてる？　大学時代のうちらのバイト先のさ、エクスタシー五十川《いそがわ》！　あいつみたいになっちゃうよー！　ははははは！」

「エクスタシー五十川……？」

「もう、覚えてなーい？　うちらが大学生のころさ、ちょうど、大学生のセックス未経験率が八十パーセントになって。あれも精神のムーブメントっていうか、革命だったよね。そのときさ、バイト先のファミレスで、若者はダメだ、エクスタシーを感じないとダメだってヒステリー起こしてた迷惑なババアがいたじゃん。みんなでエクスタシー五十川って呼んで陰口叩《たた》いてたじゃん」

「ああ！　ああ！」

脳裏に鮮明に一人の女性が浮かび、私は立ち上がりそうになった。

「まあ、ババアなんて言い方で、上の世代のネガティブなパワーに対抗しようなんて、やっぱうちら若かったし、そういうとこ全然ダメだったよね。でもさ、あの人、若い子にちゃんとセックスの喜びを教えてあげなきゃ！　ってへんな使命感持っててさ、ほんと迷惑だったよね。時代についていけてないのは自分のほうなのにさー！　真琴も、気をつけないとファミレスで若い子に、アングリー川中って呼ばれて陰口叩かれちゃうよー！　なんてね、今の若い子はちゃんとしてるから、そんなことしないか！あははは!!」

「はははは」

私は怒りを堪えながら、笑い声をあげた。

「まあ、悩んでるならさ、ほんと、うちのパブリック・ネクスト・スピリット・プライオリティ・ホームパーティーはおすすめだから。たまにね、ご老人のメンバーで、怒りがおさまらないとか、若いころのエクスタシーが忘れられないとか、そういう人がいるのね。でも、すぐにわかるんだよね。そういうカルマが、いかに愚かなのかってこと。ほんと、すぐに魂のステージ上がっちゃうから。まかせて！　真琴の気持ちわかるよ、私も、5年くらい前はそんな感じだったかなー。まだ本当の自分に気がついてなかったっていうか、カルマに取りつかれてたっていうか。夫とも喧嘩ばっかりで。そんなとき、パブスピホムパに行って、目が覚めたんだよねー。新しい時代ってこうやってできていくんだなって、ガツンとやられちゃったー。道が開けたかんじで、なんかそれからすごいおみくじも大吉ばっかりなんだよね。やっぱり神様はみてるんだよねー、精神のステージがどれくらいの人間なのか、見抜いてるんだよねー。真琴もすぐそうなれるから！　大丈夫！」

純子の話はよく聞こえなかった。耳を傾けたら怒鳴ってしまいそうで、怒鳴ったら、「古い感情」を引き摺《ず》っている原始人として指をさされて笑われそうで、曖昧に笑ってやり過ごすことしかできなかった。

話をそらすように、空になったグラスを片付けて紅茶を淹《い》れ、冷蔵庫からケーキを出した。私の出したケーキが載ったお皿を純子はうれしそうに持ち上げる。

「わー、これどこの？　かわいー」

「そうでしょ、裕二くんが会社の人に、スウェーデンのお土産でもらったの」

「そうなんだ。えー、すごいかわいい！　あ、このティーカップもかわいー！　もう、毎月パブスピホムパがあるでしょ？　食器類がいくらあっても足りなくて」

「それはね、近所に最近できたアンティークショップで買ったの。食器けっこうそろってたからおすすめかも！」

「えー行きたーい！　かわいー！」

純子と自分は似ていると思っていた。それは、そばにいてお互いを模倣し、共感しあい、互いの感覚を伝染させていたからかもしれない。

怒りがなくなった今、私たちには「かわいー」しか共感するすべがない。もし、「かわいー」がなくなったら、私と純子はどんな感情を共有するのだろう。「悲しい」なのか、「怖い」なのか、「うれしい」なのか、もしもそれが全部なくなってしまったら？　不安になりながら、私は純子の黄緑色のネイルを指さして、

「うわーあ、純子のネイル、すっごくかわいー！」

と甘い鳴き声をあげた。


私はベランダに出てビタミン煙草をすった。ビタミン煙草は昔あったようなニコチンの煙草と違って害はないが、レモンのような癖のある匂いがクッションや壁に付くのが嫌で、ベランダで吸うことにしている。黄色い煙を吐き出すと、それが溜息なのか、煙草の煙なのか、わからなくなった。

エクスタシー五十川は、よくニコチン煙草を吸っていたな、とぼんやり思った。

エクスタシー五十川と同じ店で私と純子がアルバイトを始めたのは、22年前のことだった。私も純子も大学に入ったばかりで、最初は、ああ、同じ大学の人なんだ、く

らいだったのが、シフトが重なることが多かったこともあり、バイト帰りに一緒にご飯を食べてバイト先の客や社員の愚痴を言ったりしているうちに、急速に仲良くなった。まるで恋に落ちるようなスピードだった。

ちょうど私たちが大学に入った年、大学生の性行為未経験率が八十パーセントを超えた。ニュースで大きく報じられ、学者やコメンテイターが大騒ぎしていたが、私たちはなんの恐怖も疑問も感じていなかった。むしろ、騒ぎ立てる大人たちを鼻で笑っていた。

「なんで、大人って私たちのことにあんなに口出ししてくるんだろうね。別にいいじゃん、そんなもんなくなったって」

「ほんとほんと、気持ち悪い」

セックスをするべきだと勧めてくる中年たちを、私たちはエクスタシーゾンビ、と呼んで笑っていた。中年男性の社員から、俺が真琴ちゃんに教えてあげようか？ と言われたときは、吐き気がして、抱かれた肩が気持ち悪く、お気に入りのストールを汚された気持ちになった。泣きながら感情を吐露する私を、純子が怒りながら慰めてくれた。

「ふざけんなよエクスタシーゾンビ野郎！　次に真琴に変な真似したらまじぶん殴る、ちょん切ってやる！」

「ありがとう、純子」

私と純子はそのとき、「怒り」で強く繋《つな》がっていた。

私たちを一番怒らせたのは、明らかなハラスメントをしてあきらめの気持ちすら感じさせる男性より、むしろ同性であるのに高圧的な態度でエクスタシーを体験するべきだ、とお説教してくる、五十川さんという40代後半の女性だった。

五十川さんは男性が私たちに絡むと、しかめっ面をしてやめろというのに、一方では、私たちに「エクスタシーを感じないまま死ぬなんて駄目」と説教をするのだった。

「あーあ、嫌だなあ、明日、エクスタシー五十川と同じシフトだよ」

「うげー、休憩かぶったら最悪。また説教される」

「セクハラもすげーいやだけど、なんだろね、私、エクスタシー五十川ってほんと頭おかしいと思う」

「まじ思う。狂ってるよ」

「死ね！　エクスタシー五十川！　死ね！」

公園でビールを飲みながら、純子が突然叫んだ。

「そうだ！　消えろ！　エクスタシー五十川！　消えろ！」

「死ね！」

「消えろ！」

「死ね！」

大声で罵《のの》っていると、最高の気分だった。最悪な敵と戦っているときほど、私達は強く繋がっていた。

それこそが私達のエクスタシーだったのかもしれない。結局、今ではセックスをする人はほぼいない。老人たちがたまに行っているだけだ。

私たちはエクスタシー五十川に多数決で勝利したのだ。

エクスタシー五十川は今どうしているだろうか。少数派になってしまった彼女は、エクスタシーを捨てただろうか。この世界の、どこか人に見えない場所で、こっそりとエクスタシーを営みながら暮らしているのかもしれない。

あの日、私と一緒に怒ってくれた純子はどこへいってしまったのだろう。どうして、私も一緒に変容をさせてくれなかったのだろう。

夜のベランダには冷たい風が吹いていた。家の窓、夜道の街灯、車のライト、夜の中にはたくさんの光がある。夜になると多くの人間は道具を使って発光する。光の中には必ず人間が潜んでいる。光の中で、人間たちは言葉を交わす。あのときの私と純子のように。

ファミレスで、公園で、居酒屋で、あのころ私と純子は、怒りと共に発光していた。光の中でしっかりと、怒りで抱きしめあっていた。

今、マンションから見える無数の光のなかで、どんな感情が交錯しているのだろう。悲しみか、愛《いと》おしさか、穏やかで性的ではない恋か、少しは怒りやエクスタシーも残っているのか。

それとも「無」なのだろうか。背後の光の中から、「真琴ー、寒いよ、なんで窓あけてるのー?」と、夫の呑気な声が響き、私は穏やかな「無」に包まれた光にむかって、「すぐ戻る!」と小さく鳴いた。

翌日の朝いちばんに、ランドセルを背負った女の子と父親がやってきた。父親が素早く女の子にチョコレートパフェを注文し、自分は何も頼まず、会計だけ済ませて女の子を置いて出ていった。

「あの子、大丈夫かな」

置き去りではないのかと心配になったが、雪崎さんは慣れた様子だった。

「ああ、川中さん、初めてですか?　あの親子、たまにきますよ。おかあさんがいないとき、ここで朝ご飯を食べて、電車に乗って学校に行くみたいなんです」

女の子はあっという間にパフェを食べ終えた。退屈そうに足をぶらぶらさせている女の子を、店員も客も、微笑んで見守っていた。

私がレジでモーニングセットを食べ終えた客の会計をしていると、ふと、目の端にきらりとしたものが光った。

「あー、だめよ！　お店の中ではだめだよ！」

雪崎さんの、笑いを含んだ柔らかい声が聞こえた。振り向くと、光る球体がたくさん浮遊しており、私は息を呑《の》んだ。女の子が、どこからかシャボン玉を出して吹いていたのだ。

「ごめんね、他に人がいるからね、お店の中ではやめてね」

急いで女の子に近づいて優しく注意すると、女の子は素直に頷いたように見えた。

女の子はランドセルを背負って立ち上がり、私の言うことを聞かず、シャボン玉を吹きながらドアへ向かって駆け、そのまま走り去った。大量のシャボン玉が店内に浮遊した。

床が汚れてしまうな、モップを持ってこないと、と思っていると、横にいた高岡くんが呟いた。

「やばい、なもむ」

私は顔をあげて、高岡くんの恍惚《こうこつ》とした横顔を見つめた。

「なもむ……？」

「今、めちゃめちゃなもみませんでした？　俺、びっくりしました」

「わかる、超なもんだ」

雪崎さんも頷く。

「なもむことがあると、一日元気でいられるよね」

「うん。私、なもむって人生で一番大切なことだって思う。毎日、一回はなもみたいって思ってる」

「すごいわかる、人生が豊かになるよね。日常が輝くっていうか」

「そう、そう」

若者言葉らしいが、私には意味がわからない。でも、同じことに「なもむ」という状態になったらしい二人が、熱心にその話をしているのを見て、なんだか、自分だけが取り残されたようだった。

なもむこともできず怒り続けている私は、いつのまにか、スタンダードな人間の「型」から外れてしまったのではないかと感じた。

エクスタシー五十川ならなんと言うだろう、とふと思った。まだ元気ならば、今は70歳くらいになっているはずだ。エクスタシー五十川は彼らになんというだろう？　あのときと同じように、なもんでる暇があったらセックスしてエクスタシーを感じろ、と怒鳴るのだろうか。もう性交なんてしている人、ほとんどいないのに。あれから22年間、怒鳴り続けながら暮らしているのだろうか。

大学生のころは彼女があんなに腹立たしかったのに、今は奇妙にエクスタシー五十川が恋しかった。バックルームの奥から、口紅をべっとりとつけて前髪を巻いたエクスタシー五十川が今にも飛び出してきそうに思えた。

私は家に帰って夫のパソコンを開いた。

「なもむ」の意味を検索すると、やはり流行語のようだった。

『異常なほど想像力を掻《か》き立てられ、意識が飛んだようになり、異常行動への欲求が高まること。または、それについて絵を描いたり歌を歌うなどの表現がしたい、という創作への欲望が掻き立てられること。単なる感動や情動には使わない。あくまで、それに関してなんらかの異常なほどの衝動を覚えたときにのみ使う。ただし、主語が子供の場合には例外もある』

一体この意味不明な言葉はなんなのだろうか。流行語なんだから、もっとすっきりと説明できないのだろうか。私は苛々と「怒り」ながら、パソコンを閉じた。

夕飯のとき、私は夫に尋ねた。

「ねえ裕二くん、『なもむ』ってわかる?」

「え?　どうしたの急に。言われて思い出したけど、僕、さっき電車のなかですっごくなもむことがあったんだけどさあ」

「え、裕二くん、その言葉ふつうに使うの?」

「あれ？　これって方言？　真琴さん、使わない？」

「使うも使わないも、私たちが若いころはそんな言葉なかったでしょ‼」

自分でも思いがけないほど大声で怒鳴ってしまい、夫が慌てて立ち上がってそばにきて、「どうしたの真琴さん、落ち着いて……！」と私の背中を撫でた。

「どうしたの？　パート先で何かあった？」

「違う！　気持ち悪いの！　いつのまにかどんどんあなたたちは変化していて、私は取り残されたままで、それというのも、私はずっと家にいて、取り込むことができなかったから」

「取り込む？　何のことを言ってるの？」

「なんで家の中で使ってくれなかったの？　そうしたら私に『伝染』したのに。私は家と病院の往復だったから、私にその言葉を伝染させてくれるのは、あなただけだったのに」

「どうしたんだよ、そんなに『悲しん』で」

「違う、怒ってるんだよ！」

私はヒステリーを起こして暴れ、花瓶をひっくり返した。夫は冷静に、私にタオルと着替えを渡してくれた。

「落ち着いて、どうしたっていうんだ。『なもむ』を僕が家で使わなかったことが、君にとってそんなに悲し……ええと、腹立たしいことだとは、僕は想像もしてなかったんだ」

「私たちは変容生物よ。所属するコミュニティに合わせて、模倣して、伝染して、変容するの。あなたが私に世界を伝染させてくれなかったら、私だけが取り残されてしまう」

「たしかにそうだけれど、今からだって十分間に合うよ。人間は環境に応じてすぐに変化する。あっという間だよ」

「そうなら、いいけれど……私、『なもむ』なんて気持ち、まったく感じたことがないの」

「大丈夫。自分のあっけない忘却や変容を信じるんだ。今までだって、僕らはあっさり変容してきたろ？　君がわざわざ通信販売で取り寄せて毎朝欠かさず食べている、ボンボボボールなんていう名前の、外国製の真っ黒な冷凍健康スープ、2年前だったら絶対に口にしなかったろ？　ワンピースの上に腹巻を巻くなんてファッション、1年前の君が喜んでしたかい？」

「それはそうだけれど……」

「大丈夫。僕たちは、容易《たやす》くて、安易で、浅はかで、自分の意思などなくあっという間に周囲に染まり、あっさりと変容しながら生きていくんだ。自分の容易さを信じるんだ。僕たちが生まれる前からずっと、僕たちの遺伝子はそれを繰り返して生きてきたじゃないか」

夫の言葉にやっと私は少しだけ落ち着きを取り戻した。片付けもせず風呂にも入らず、夫に背中を撫でられながら、私はそのままソファで眠った。興奮したせいか、奇妙なほど眠くなっていた。

眠りに落ちる寸前、夫が私を持ち上げる、重力からふわりと浮かび上がる感覚に揺られた。明日の朝、自分がちゃんと「変容」していますように、そう願いながら、私は眠りに落ちた。

私が五十川さんを本気で捜そうと決めたのは、純子に、改めて純子の夫が開くホームパーティーに招待されたときだった。

私はSNSで当時のバイト仲間の名前を検索し、片っ端から当たった。そのうちの一人が、結婚式のときに五十川さんを招待したからわかるかも、と教えてくれたときには興奮で手が震えた。

「でもお前と純子、五十川さんと仲悪くなかった？」

私は少し考え、「これだから子供ね。女には、男にはわからない絆《きずな》があるのよ」と、22年前の五十川さんがいかにも言いそうな50年前のいい女風の返信をしてみせた。

「なんだよそれ、気分悪いなあー。まあいいけど」

その夜は、恋をしているかのように動悸《どうき》がして苦しく、眠ることができなかった。

私と夫は寝室に別々に布団を敷いて眠る。夫と私は互いの裸を見たことがない、キスもしない。考えてみれば、握手をしたこともない。そんな私をみて、五十川さんはなんと言うだろう？　あの日のように、「エクスタシーしろ！」と怒るのだろうか。あのときはあんなに疎ましかったのに、私は怒り狂う五十川さんに会いたくて仕方がなかった。

そのとき、スマートフォンが鳴った。私は胸を高鳴らせて電話を手にとった。メールアプリに一件、新着メッセージが届いていた。

『川中さんって、旧姓、岡本《おかもと》さんですか？　間違っていましたらすみません。』

身体中の毛穴が開いたようになり、息が荒くなった。目が充血しているのが自分でもわかる。身体中の血液の温度があがり、生き物として活性化しているのを感じる。

『そうです！』

『そう。やっぱりあなたね。覚えているわよ。おひさしぶりです。』

私は最近は使ったことがないスマートフォンのメールアプリで、五十川さんとメッセージをやりとりし続けた。

『会ってお話しできますか？』

しばらくの間があり、嫌なのか、寝てしまったのか心配になったころ、スマートフォンが震えて光った。私は蛍を捕まえるように、そっと手をかぶせてスマートフォンを手に取った。指の隙間から光が漏れ、布団の上をかすかに照らした。小さな機械の中で五十川さんの言葉が発光しているように見えた。

『月曜日なら。』

「どうしたの真琴さん、眠れないの？」

夫の声がして、びくりと体を震わせた。

「大丈夫。ちょっと、アプリゲーが止まらなくなっちゃっただけ」

「なんだ、よかった。目が悪くなるから、長引くようなら電気つけていいよ、僕は明るくても寝られるし。あ、でも徹夜にならないようにね」

なぜ咄嗟《とっさ》に嘘をついたのかはわからなかったが、「ありがとう、でももう寝る」と答えると、夫は納得したようだった。しばらくして夫の寝息が聞こえ始めると、ほっとした。

『ありがとうございます。詳しい時間や場所は、また明日ご相談のメールをします。深夜に申し訳ありませんでした。』

失礼な小娘だと思われないように、けれどよそよそしくなりすぎないように、考えに考えたが、そっけない文面しか思いつかなかった。

スマートフォンを枕元においても目を閉じていても、体は興奮し続けていた。夫にも大学時代の恋人たちにも感じたことがない高揚だった。

五十川さんとはホテルのラウンジで待ち合わせた。

失礼にならないようにある程度ちゃんとした店で場所もわかりやすく、警戒させないようにそれなりの開放感もあり、と散々考えて、結局最近できた外資系のホテルのラウンジの席を予約したのだった。誰かとの待ち合わせ場所をこんなに考えるのは初めてだった。夫と恋愛をしていたときも、なんでも話し合って決めていたし、趣味が合わなければ別れればいいと思っていた。けれど、今、私は五十川さんに執着していた。五十川さんを逃がしたくない、と思っていた。そのために五十川さんがどうすれば喜ぶか、自分に呆《あき》れないか、必死に頭を働かせた。

洋服にも悩んだ。今日だけでなく、次も会いたいと思わせるような、華美すぎず、それでいてダサくなくて、感じのいい服はどれだろう。クローゼットと鏡の前を何度も往復し、紺色のシンプルなワンピースに落ち着いた。五十川さんが食いつくかもしれないと思って、カピバラのユーモラスなモチーフがぶら下がったブレスレットを腕に巻き、バッグにはこけしのぬいぐるみのキーホルダーをつけた。あんたそれなに？と指さして五十川さんが笑ってくれるかもしれない。そのためなら何でもしようという気持ちにすらなっていた。

この日のために、ネイルも五十川さんが面白がりそうな、凝ったデコレーションにした。右手の人差し指にはコアラ、左手の親指には骸骨《がいこつ》をペイントしてもらった。地下鉄でホテルに向かいながら、いろいろやりすぎて過剰なのではないかと気になって、ブレスレットを外してバッグに放り込んだ。

約束の時間の30分前に席につき、どちらが上座なのかわからずスマートフォンで検索し、景色のよさそうな側の椅子をあけて五十川さんを待った。

約束の時間の15分前に、五十川さんが姿を現した。

彼女が入り口から入ってきた瞬間、一目でそうだとわかった。五十川さんはあのときと変わらない、肩パッドの入った派手なスーツを身にまとって、明るい茶色に染めた長い髪を風に靡《なび》かせていた。あのころとファッションすらほとんど変わっていない。まるで化石みたいな彼女はホテルのラウンジで浮いていたが、私にはそれが心強かった。

「お久しぶりです」

おずおずと挨拶《あいさつ》すると、

「あれ、あの子は？　あんたといっつもつるんでた。あの子も来るのかと思ったよ」

と五十川さんが、変わらない調子でいった。

「純子ですか？　いえ、今日は来ません、今でも仲はいいですが」

「だろうね。あんたら、いっつも私の悪口で盛り上がってたもんね」

五十川さんの言葉に肝が冷えた。

「正直、返事をしようか迷ったんだよね。私があんたらに嫌われてたのは知ってたからさ」

五十川さんは溜息をついた。

「そんな……当時は若かったですし、暴言を吐いてごめんなさい」

「まあいいんだけどさ、言うなら直接言いなさいよとは思ったよね。そういう卑怯《ひきょう》なところがあんたら若者のダメなところなんだよって思ったよね」

「本当に、そのせつは、申し訳ありませんでした……」

「そういう謝ればいい、みたいなのが、だめなんだよねーまったく」

「五十川さん、今も怒ってますか……？」

「まあいいけどね、昔のことだし」

「いえ、怒ってますか……？　今でも怒ってますか？」

「だから気にしてないって、過去のことは」

「そうじゃなくて！　最近怒ってますかって、聞いてるんですよ！」

大声が出て、私自身もびっくりした。

「なになに、一体何なのよ」

「五十川さん、私、おかしいんです。私、もっと浅はかだったはずなんです。変容するの、得意だったんです。周りの影響を受けやすいし、時代とともにどんどん変化できてたんです、今までは……！」

五十川さんは煙草に火をつけた。ビタミン煙草じゃない、昔売ってたようなニコチンの煙草だ。よく祖父が食べていた、仁丹《じんたん》という気持ち悪い味の謎の食べ物を思い出す。今でもあの奇妙な食べ物が存在するのか、私にはわからない。

「今は川中？　あんた、結婚したんだね」

「あ、はい、そうです」

「へえ。それはおめでとう。でも本当に夫婦って言えるような関係なんだか。あのころからそうだったけどさ、今は若い夫婦は全然セックスしないんだってね。あんたもどうせそうなんだろ？　それで夫婦だ、結婚だ、って、はっきり言って私からすれば偽装結婚みたいなもんだけどね」

「してます」

私はあっさりと嘘をついた。

一瞬、意外そうな視線をこちらによこしたあと、五十川さんの表情が、明白に柔らかくなった。

「へえ。あ、そう。そうなのね。若い子には珍しいわねえ」

「いえ、私からすれば、やっぱりそれって、夫婦の基盤っていうか、ぜったいにするべきことですよね。大学生のころは、なんていうか、若気の至りっていうか、周りのみんなに流されてああいうこと言ってましたけど。でももう大人だし、あのころ五十川さんが言ってたことが正しいって、今はまじで思います」

「そう。そうよねえ！　うちの息子の嫁は本当にダメ、息子と嫁も一度もセックスしたことないの。信じられる？」

それは今のスタンダードでまったく不思議なことではなかったが、五十川さんに好かれるためなら何でもすると決めていた私は、

「ありえないですね！」

ときっぱり言った。

「そうよね！　あんた、本当にちゃんとした大人になったわねえ。うちの嫁に聞かせてやりたいわ。息子だけじゃなく夫まで私のことバカにするのよ、お前は古いって。時代後れの発情期の犬だってみんなで笑うのよ」

「五十川さんは絶対に間違ってないです」

私の言葉に、ほっと息をついて、五十川さんが、優しい表情で椅子によりかかった。

「あんたも苦労するわよね。今の若い人ってホントに信じられないもの。まともに生

きているだけなのに化石扱いするんだから。わかるわよ、あんたが言ってること。エクスタシーだけじゃなく、今度は怒りがないってねえ、あんた、そんなわけないじゃないのよねえ？　喜怒哀楽の怒がないってね、赤ん坊にだってあるわよ。学者だって言ってるわよ、一時的な感情欠如で、存在しないということはないって。誰も言うこと聞きゃあしないんだからね。バカばっかりだよ」

五十川さんの語気が荒くなっていくのをみて、私はしびれるような興奮に立ち上がりそうになった。

五十川さんは、今でも怒っている！　今でも怒っている！

私は久しぶりに怒る人に出会えて、高揚していた。

「ふっざけんなって話なんですよ！　何がパブリック・ネクスト・スピリット・プライオリティ・ホームパーティーだっつーの！　パブリックだったらホームじゃねーだろーがよ！」

「あんたもそう思う⁉　その変なのにうちの息子の嫁ものめり込んでね、みてらんないわよ！　借金までしててね、ぶん殴ってやったわよ！」

「なんすかそれ、ありえないですよ！　まじなんなんだっつー話なんすよ、月6万ってなんなんすか？　なめてんすか？」

「あらあんた、そんなのまだマシよ、うちの嫁が行こうとしてたのなんて月30万！

ほっぺたひっぱたいてやったけどね、お義母《かあ》さんは古いマインドの方だからわからないんですよね、なんてにこにこしててね、薄気味悪いったらないの！」

「さすが五十川さん、私も純子のことぶん殴って目を覚まさせてやりますよ！　あいつの夫がいけすかないんすよ、最初からいけすかねーと思ってたんすよ、あんとき止めてやりゃーよかったよ、あのクズが純子を洗脳しやがってよ、うさんくせーちょび髭《ひげ》生やしやがって糞《くそ》野郎が！」

「あらそんなもん、さっさと別れさせたほうがいいわよ！　私が言ってやるわよ、そんな糞男！」

『怒り』の共有は、たまらない甘やかな興奮を私たちに与えた。久しぶりに口汚く罵《ば》倒《とう》し、どんどん私たちはヒートアップしていった。

体がほてり、全身から汗が噴き出し、私はカーディガンを脱いだ。五十川さんも興奮している様子でブラウスを腕まくりした。

私たちの目はきらきらして、鼻の穴は膨らみ、声はどんどん大きく甲高くなり、はあはあと息があがった。体の温度はみるみる上昇し、額にも首にも汗がにじみ出た。

「あんたの言ってること、わかるわー！　うちの嫁もほんとうに腹がたって、腹がたって！　私のことも見下しているのよ！　魂のステージが下だから、怒りなんて感じるんですよ、早く成長できるといいですねって。ふざけんじゃないわよ！　息子はね、あの嫁の味方なのよ、最近は夫までね、何を言っても笑ってるのよ、にこにこにこにこ薄気味悪い！　私が怒鳴ってもね、無駄になっちゃったのよ……糞野郎！」

「五十川さん！　五十川さんは絶対に間違ってない！　くそう、畜生！　なんで五十川さんがそんな目にあわないといけないんだ！　五十川さんの家に私が乗り込んでやりますよ！　全員怒鳴りつけて、自分のなかの『怒り』の存在を認めるまでぶん殴り続けてやりますよ！」

　ホテルのラウンジの店員が、そっと近づいてきて、私たちに優しく告げた。

「お客様、周りのお客様もいらっしゃいますので、もう少し声のトーンを下げていただけますでしょうか」

「うっさいわね！　私たち大事な話をしてるのよ！　しょうがないじゃないの、熱くなって話してるんだから、声くらいでかくなるわよ！　あんたたちにはこの『熱』が足りないのよ！」

「そうよ！　高い金払ってるんだから好きにさせなさいよ！　何よ、コーヒー一杯2500円って！　消費者センターに訴えるわよ！　詐欺野郎！」

若い店員は、「承知いたしました、大変申し訳ありません」と深々と頭を下げた。

「なに引き下がってるのよ、覇気がないわね！　それだからだめなのよ！」

「そうよそうよ、一度言い出したことを簡単に引っ込めるんじゃないわよ！」

『怒り』とは、重要だが不愉快な感情だと思っていた。私はその気持ち良さに驚いていた。私たちの快楽は止まらなかった。

「そのパブリックなんとかパーティーとかいうやつに、一緒に乗り込みましょうよ！」

「そうよ、私たちならできるわよ！　戦いましょ、一緒に戦いましょ！」

私たちはヒーローになったような気持ちで手を取り合った。お互いの汗で粘ついていたが、まったく気にならなかった。

心地よい快楽が私たちを繋いでいた。このとき、『怒り』は咲くのだ、と私は思った。怒りの花を咲かせることは人生の目的なのだ。やはり怒りがないなんて絶対に間違っている。

私は自分の体の中に咲いた怒りの花を、世界中にばらまきたい気持ちだった。それこそが生きることなのではないかという強烈な思いに取り憑《つ》かれていた。


「え、すごい。行きたいです、パブリック・ネクスト・スピリット・プライオリティ・ホームパーティー！」

珍しく同じ時間にあがった雪崎さんとうっかりそんな話になり、純子がくれた名刺を渡すと、雪崎さんがぱっと表情を明るくして頷いた。

「こういうのに参加した経験って、就職の面接とかでもすごく有利だって先輩に聞いて、気になってたんです。私なんかが参加して、本当にいいんですか？」

「うん、まあ、純子は名刺の枚数分、誘っていいし、初回はお金はいらない、パーティーの空気を感じて欲しいからって言ってたから」

「わあ、うれしい！」

話の流れで休憩にきた高岡くんにも声をかけると、無邪気に喜んだ。

「うわあ、すごいなあ、川中さんってこんなすごい人と繋がりがあるんですね。パブリック・ネクスト・スピリット・マネージャーなんて、肩書きまでかっこいい」

素直に喜ぶ二人をみて、あんな胡散臭い場所にこんな純粋な子供たちを連れて行っていいのだろうか、と思い、良心が痛んだ。もちろん連れて行くからには全力で守る気でいるが、簡単にあちら側に飲み込まれてしまいそうで心配だった。

『そんなもん人生勉強よ！』

不安を五十川さんにメールすると、勢いよく返事があった。

私たちは、今はお互いの夫よりも頻繁に、緊密にメッセージのやりとりをしていた。私たちは家族よりも深く繋がっていた。『怒り』というエクスタシーには、それほどの力があった。

こんなパワーを捨ててしまうのはやはり間違っている、という気持ちがこみ上げてくる。正しい道へ、高岡くんや雪崎さんのような、純粋で優秀な若者たちを導いてあげたい。

そのための苦い薬だと思えば多少のリスクはしょうがないのかもしれないと思った。

夫は、私が五十川さんと仲良くなったことを心配していた。

「あんなに嫌っていた人と、急に仲良くなるなんて、何か変なんじゃない？　真琴さん、ストレスでいつもと違う精神状態になってるだけなんじゃないかな？」

「うるさいうるさいうるさい！　私に話しかけるな！　私を洗脳しようとするな！」

私は夫に怒鳴った。夫は、「怒鳴る」という行動の意味すらわからない様子で、ぼんやりと、不思議そうにこちらを見ていた。

夫はいつの間にか遠くへ行ってしまっていたんだ、と思った。今や、私の味方は、五十川さんたった一人しかいなかった。


日曜日は晴れ渡っていた。私は駅前で五十川さんと、高岡くん、雪崎さんとも待ち合わせ、純子の家へと向かった。

私と五十川さんが何度も電話で連絡をとって話し合って計画したのは、パブリック・ネクスト・スピリット・プライオリティ・ホームパーティーを乗っ取るという計画だった。私と五十川さんが力を合わせて、『怒り』がいかに大切な感情かをみんなに思い出させるというのが、私たちの計画だった。

昔からあった喜怒哀楽の『怒』がこんなにいきなりなくなるなんてありえない、というのが私たちの考えだった。

「けっこう儲《もう》かってるんでしょ？　どうせ、タワーマンションのけばけばしい家に住んでるんでしょ」

そう憤る五十川さんに、お金持ちがタワーマンションって、それ、今はちょっと古いんだけどな、と思いながら、「絶対そうですよ。まじでむかつきますよね」と同調した。

スマホに送られてきた住所をマップで検索して辿《たど》り着いたのは、古い家を改装した感じのいい一戸建てだった。

玄関の引き戸を開けると、受付があり、若い女の子に名簿を確認された。

「見学の方ですね。このバッジをお着け下さい」

私たちは白いバッジを着けて居間へと通された。

「お靴のままでどうぞ」

靴のまま廊下を歩くのは気味が悪かったが、居間に一歩足を踏み入れて、その理由がわかった。

部屋の中には土が敷き詰められていて、山道を歩いているような懐かしい匂いがした。部屋の真ん中には大きな木が生えている。本物かと思って近づくと、それは偽物だった。

たくさんの人が、土の上や木の下にシートを敷いてピクニックをしていた。窓は全開になっていて、小さな庭があり、本物の植物がたくさん生えていて、そこにもぎっしり人がいる。奇妙な空間だったが、みんな楽しそうだった。

みんなが広げているピクニックのシートの上には、純子の手料理らしきものや、高そうなシャンパンが並んでいる。

「なんだか貧乏くさいわねえ」

五十川さんは拍子抜けした様子だったが、高岡くんと雪崎さんは、「わあ、素敵」「なんだか落ち着くね」とうれしそうにしている。

「あの子たちはなに、付き合ってたりするの？　ちゃんとセックスしてるのかしら？」

すぐ色恋沙汰《ざた》に持ち込む五十川さんを、下世話で嫌だなあと思いつつ、

「違いますよー。でもそうなるといいですよね！　若い人はエクスタシーしたほうがいいですもんね！」

と適当に相槌《あいづち》を打っていると、突然、会場が拍手に包まれた。

純子の夫と、純子が入ってきたのだ。

「こんにちはー。みんな楽しんでる？」

純子の言葉に、「もちろん！」「純子さんもこっちに来て！」と声があがる。「ファミリー」に随分好かれているらしいとわかった。

「今日はね、初めての人もたくさんいるから、簡単に説明するわね。このパブスピホムパは、もちろんホームパーティーなのだけれど、重要な会議でもあるんです。ファミリーのみなさんは、次世代について会議しながら、ご自身もいろいろな刺激を受け、学んで、精神のステージを上げていく。そういう場所でもあるんです」

純子の言葉に、皆が大きく頷いた。見学らしい白いバッジを着けた人たちだけが戸惑ったように周囲を見回している。

「あの、会議って、何を会議するんですか？」

おそるおそる手をあげて、雪崎さんが純子に質問をした。

「ナイス！　いい質問です！　ここではね、人間の人格の『スタンダード・モデル』について会議してるんです」

「スタンダード・モデル……？」

少し戸惑った様子で、高岡くんが繰り返した。

「そう。ファッションがそうであるみたいに、人間の性格にも『流行』があります。例えば君！　ちょっと前に出てきて」

高岡くんが少し不安げに立ち上がり、純子の横に立つ。ベージュの口紅を前歯につけた純子が笑顔をつくり、声を張り上げた。

「プライベートなことを聞くけれど、あなたはパートナーはいる？」

「いないです」

「『怒り』の感情はある？」

「感じたことないです」

「そう。日常の中で、けっこうなもむことが多いよね？」

「すごく多いです」

「素晴らしい！　ね、みんなもわかるよね。まさに彼みたいな人が、今の20歳の『スタンダード・モデル』！　真面目で大人しく、優しくて、怒らなくて、なもみやすい。多分だけど、あまり浪費をしなくて堅実。もちろん恋愛やセックスはしないし、アダルトビデオにだって興味がない。そんな感じだよね？」

「はい、まさに当てはまってます」

ハラスメントだと怒ることもなく、素直に高岡くんが頷く。

「これが、今の20歳の典型的なスタンダード・モデル！　流行の人格、まさにそのまなわけです！」

拍手が起こった。高岡くんは、照れ臭そうにお辞儀をした。

「食べ物やファッションと同じで、人間の性格にも『流行』があるんです！　しかもそれは自然に起きているわけじゃない。だれかが会議をして、決めていることなんです」

「ファミリー」たちが頷き、見学者らしき人たちは顔を見合わせて困惑している。

「流行って、自然に起きるんじゃなくて、仕掛けるものなんだよね。必ず、誰かが仕掛けて、ムーブメントを起こしているの。こういう性格が流行して、今の20歳のスタンダードな人格になることは、もう何年も前に会議で決められてたわけ。全ては、隠れたプロフェッショナルたちによって、意図的に仕掛けられていることなの」

ざわめきが起こった。純子が自分自身の胸元に手を当てていった。

「20年前の20歳の性格の『スタンダード・モデル』はまさに私。セックスはしないけれど恋はして、友情を大切にし、たくさんの怒りを持っている。ゴージャスなブランドよりもセンスのいいナチュラルなファッションやライフスタイルに憧《あこが》れて、キャリアやお金より自分らしく生きていたいという気持ちが強い。誰かが仕掛けているとも知らず、それが自分の性格で、人格だって、信じて疑ってなかった」

私はぎくりとした。純子が挙げた特徴は、まさに20歳のころの私そのものだったからだ。

「20歳のころに世界からダウンロードされた人格がベースになって、スタンダードな30歳、スタンダードな40歳へと成長していく。20歳の人格がベースになるから、そのとき、どんな性格が流行っていたか、というのがとっても重要なの」

純子は一息つき、皆の顔を見回した。

「それで、私が今から会議したいのは、『次はどうする？』ってこと。例えばファッションでいえば、今年はナチュラルカラーがブームで、カラフルな色を身に着けている人はほとんどいないよね。斜め掛けのビニールのバッグに、膝《ひざ》まで長さのあるスニーカーブーツに、ベージュのリップ。それにワンピースの上にらくだ色の腹巻、みんなやってるよね。でも、これって、数年前は誰もしてなかったファッションだよね。人間にもデザイナーがいるってこと。そしてそれは私たちだってこと。『次はどうする？』これが、私たちの合言葉なわけ。みんながデザイナーなの。これが、このパーティーの目的です」

拍手が起こった。純子は微笑んで、隣にいる高岡くんの背中を叩いた。

「どう、わかってくれたかな？」

「はい、すごいですね。そんな場所にいることができて、なんか、感動っていうか、すごく光栄です」

横を見ると、雪崎さんもうれしそうに何度も頷いていた。

「よろしい！　じゃあ始めようかな。この会議は、百人以上メンバーがいるパブスピホムパ、全てで行われます。会議で決まった人格が提出され、幹部や代表者がさらに上の会議を何度も重ねて、最終的なスタンダード・モデルが決定します。日本のスタンダード・モデルが決まったら、各国の人格を発表するショーもあるのよ。2年前、イタリアで参加したけど、刺激的だったなあ」

純子の言葉に、みんなが溜息をついた。いつかそこへ行ってみたいと、「ファミリー」の皆が憧れているようだった。

「じゃあ、そろそろ会議を始めます。もちろんこれは基本的にはホームパーティーなわけだから、シャンパンを楽しんで、リラックスしてお喋《しゃべ》りしましょうね」

純子が手を二回叩き、会議が始まった。

「いつのスタンダードを決めるんですか？」

雪崎さんが純子に尋ねると、「いけない、重要なことを説明し忘れてたわね！」とファミリーの一人にシャンパンを注いでいた純子が言った。

「大体、人格の流行を5年で区切ってるの。次の5つのシーズンの流行はもう決まってるのね。だから今回は30年後の20歳の人格を決めることになるわね。30年後の20歳が、どういう人格だったら人類にとっていいか、想像して、ディスカッションしてください！」

私たちの後ろに座っている20代後半の女性たちが話し合っているのが聞こえてきた。

「30年後かあ。どういうのがいいかなあ。喧嘩とかはあんまり好きじゃないほうがいいよね」

「でも、浪費はするほうがいいよね？」

純子に向かって声が飛ぶ。

「人類のことを考えたら、働くのが好きなほうがいいですよね⁉　キャリアに興味があって野心があるとか、喜んで深夜まで残業するとか」

「人類って話だったら、繁殖も重要でしょ⁉　よく殖えるほうがいいよね」

「お金がないと殖えられないんじゃない？　やっぱり、経済まわしてくれたほうがいいでしょ」

「男女関係なく、とにかく母性が強くて子供が好きっていうのはどう？　他人の赤ちゃんもすごくかわいがって、協力的なわけ」

「いい気もするけど、なんか犯罪起きそう」

様々な意見と、シャンパンを開ける音が飛び交っている。私は戸惑って周りを見回していた。30年後の流行の人格？　じゃあ、私が20歳のころの性格は、それより30年前に誰かがデザインしていた？　人類のために？　私は誰かがデザインした性格を着ていただけ？　今、こうしてワンピースに腹巻を巻いているように？

パニックに陥っていると、隣にいた五十川さんが立ち上がった。

「やめろーーー!!」

その太く大きな怒鳴り声に、会場は静まり返った。

「狂ってる！　この人でなし！　今すぐこんな会議をやめろ‼」

「あっ、ちょうどいいですね、みんな見てください。彼女はまさに、50年前の20歳のスタンダード・モデルだった人です！」

純子が五十川さんを指さした。

「セックスと恋が好きで、よく繁殖し、喜びや怒りが激しくあり、感情表現が豊か。ゴージャスなことが好きで、レストランも洋服もバッグも、高級でブランド力のあるものが好き。まさに50年前大流行したスタンダード・モデルの、50年後の姿です！」

純子の言葉に、会場に拍手が起こった。

「わあ、素晴らしいですね。恋愛とセックスが好きなんて、よく殖えそう」

「ファッションも、昔流行ったものがまた流行ることってよくあるじゃない？　すこしカスタマイズして、50年前の流行の性格をリバイバルするのはどう？」

「それいい！」

立ち上がった五十川さんを中心に、どんどん皆が盛り上がっている。

「やめろ！　今すぐ会議をやめろ！」

五十川さんは全身を赤く染め上げて怒り続けている。

「なんか、すごくなもむなあ……」

高岡くんが呟いた。

「わかる。なもむよね、彼女を見てると」

「あんなに『怒る』人、久しぶりに見たもんなあ」

「すごくなもんできたよ」

「私も、すごいなもむ」

五十川さんが皆の中央で足を踏み鳴らして怒鳴った。五十川さんの唾液《だえき》が飛び散る。

「なもむな!!」

五十川さんが怒りで踊るように、手足を振り回し、大きな足音をたてる。

「今すぐ、なもむのを、やめろ！人で、勝手に、なもむのを、やめろ!!」

私は何も言えなかった。

なぜなら、私は、なもんでいるのだった。

怒りに身を震わせた五十川さんを見て、私は、生まれて初めて、なもんでいた。涎《よだれ》と汗をまき散らして怒鳴り続ける、肩パッドを入れて前髪をカールした五十川さんを見て、私は、なもんで、なもんで、しょうがないのだった。

「あんたも何か言ってやりなさいよ、川中さん！」

突然名前を呼ばれ、私はびくりと震えた。

「しょうがないですよね。なもんじゃいますよね、こんな光景見たら」

私の背中を撫でて、雪崎さんが微笑む。

「なもんでる……？」

五十川さんが呆然《ぼうぜん》と私を見つめる。

「川中さん、あなた、なもんでるの……？」

裏切りにあったように、五十川さんが声を震わせて私を見つめた。

「なもんでません！」

私は、全身のなもみを抑え込むように、両腕で自分を抱きしめながらさけんだ。

「私はなもんでません！」

「まみまぬんでら……」

雪崎さんが私の背中を撫でながら、つぶやいた。

「お二人の姿を見ていたら、なんだか、私、とっても、まみまぬんでらって感じになってしまう……」

「なに、それ？」

不思議そうに高岡くんが言う。

「私にもわからないけど、なもむっていう言葉じゃ足りないっていうか、もっと、尊敬というか、崇拝というか、そういう特別な気持ちになってしまうの」

「まみまぬんでら……なんか、確かに、しっくりくるかも」

「ほんとだ、確かにわかる気がする。この気持ちって、なんだかすっごくまみまぬんでら」

思わず私も呟いた。五十川さんが愛おしくて愛おしくてたまらず、感動とは違った、無垢なものに対する切実な衝動、今自分が生きている瞬間の奇跡を崇拝するような感動、それをそう呼ぶのだと、魂で理解できたのだ。

「まみまぬんでら」

「まみまぬんでらだ……」

「わかる、まみまぬんでらって言葉がすごくしっくりくる」

皆がざわめき、その言葉を口にしている。

私はなぜ、五十川さんからの連絡をあんなに切望して待ったのか、好かれるために服装まで気遣ったのか、それは恋ではなく、企《たくら》みでもなく、とにかく、まみまぬんでらという言葉でしか説明できないのだった。

それは私の潜在意識にずっとあったものだった。この言葉を今、口にする前から、人生の中で、私は何度も、まみまぬんでらという気持ちを体験してきたのだった。

「まみまぬんでら……ごめんなさい五十川さん、私、どうしても、まみまぬんでら……」

私の人生は、何度もまみまぬんでらっていたのだった。純子と一緒に五十川さんの悪口を言っていたときの、生ぬるいビールが最高においしかった瞬間。子供のころ、大好きな友達が転校してしまうと知った瞬間。夫と出会い、初めて誰かと家族になりたいと思った瞬間。私は、まみまぬんでらっていたのだった。まみまぬんでらこそ、私の人生の一番大切な瞬間にあったものなのだった。

「ごめんなさい、私、どうしても、まみまぬんでら……」

今までの人生の、まみまぬんでらった瞬間がよみがえってきて、涙が止まらないのだった。

五十川さんは呆然と私を見つめていた。

この言葉はきっと今から爆発的に広がるだろう。まみまぬんでらは、私たちの新しい、必然の大切な言葉になるだろう。

その言葉が発生した瞬間に自分が立ち会っているのだということも、まみまぬんでらとしかいいようがないのだった。

五十川さんだけが、唖然として取り残されている。

「五十川さんも、きっと、本当は、まみまぬんでら……」

私はそっと五十川さんに手を差し出した。彼女に早くこの美しい感情を教えてあげたかった。きっと彼女の中はたくさんのまみまぬんでらで溢《あふ》れているに違いない。彼女の人生は素晴らしいまみまぬんでらで満ちているに違いない。早く、それを彼女に伝染させなくては。

五十川さんは青ざめ、それでもたった一人染まらず、怒るのをやめないまま、私たちの中央で凜《りん》と咲いているのだった。

解説

藤《ふじ》野《の》可《か》織《おり》（作家）

冷蔵庫を開けるたび、冷蔵庫のことなんかなにも知らないくせに、と思う。仕組みもわからないのに、よくも平気な顔をして冷蔵庫を使っているなと思う。テレビがどうして映るかも知らないのに、電車がどうして走っているかも知らないのに、私は慣れた様子で、当たり前みたいに使っている。ピアノの仕組みはうすぼんやりとわかるような気がするけど、私は本当にわかっているのか？　あんなきれいな音がするなんて変ではないか？　あれをきれいな音だと感じることも変ではないか？　もしあれが世にもおぞましい音だと教えられて育ったら、ピアノを見ただけで恐怖のあまり漏らしてしまったりしただろうか。

よく考えると、私にはわからないことだらけだ。税金のこと、家賃のこと、社会福祉、あらゆるところに存在する差別、ものすごく昔の誰かが性別というのはとりあえず2つね、男と女ってことでよろしくと決めたっぽくて私がそれの女のほうだということと私がじゃあそれでいいですと受け入れて平然としていること。時間のこと、時間をはかるいくつかのやり方、時計、カレンダー、花が枯れたり目の前の人が大きくなっていったり老いて縮んだりすること、会話、友達、恋、なにかを好きだったり嫌いだったりすること。これらすべて（それからここに書ききれないすべて）、考えれば考えるほどわけがわからない。

もちろん、私がいま列挙したようなことにはそれぞれ専門家がいるだろう。あらゆることは検証されるべきで、実際、さまざまな研究に従事している人々がいる。世界は謎に満ちていて、途方もないその謎から身を守るために人間がつくりあげたこの社会もまた謎だらけで、日々それらの謎を解き明かそうという努力がなされている。それればかりではない。この世界と社会をよりよい場所にするために、新たな考え方や仕組みを構築しようという努力もなされている。私たちは、専門書を読むことによってそういった試みに触れることができる。でも、自分が解き明かしたい謎にどんな専門的な名前がついているかさだかではないとき、あるいはなにかを解き明かしたいのになにを解き明かしたいのか見当もつかないとき、やみくもに伸ばした手がつかむのは小説だったりするのではないだろうか。

著者の小説を読むたび、私は、小説とはつまり私たち自身の取扱説明書なのだということを思う。それは、処世術とはあまり関係がない。自然がつくりあげた私たちの身体や私たちがつくりあげた社会の仕組みについての共通の認識を確認し直し、微に入り細に入り検証し直すことによって、私たちにとってどのような生が可能なのか。著者の小説は、常にそれを追求していると私は思う。

たとえば表題作の「丸の内魔法少女ミラクリーナ」の主人公は、外見上は完璧《かんぺき》に、社会に期待されるふつうの30代会社員女性の像をなぞることに成功している。しかし心の中では、彼女は小学校3年生のときにはじめた魔法少女ごっこをやめられないままだ。彼女は彼女の平和を乱す日常の出来事に対し、心の中でだけミラクリーナに変身することによって対処している。36歳の大人が魔法少女になりきって、ぬいぐるみと魔法少女用語を駆使した会話を繰り広げるさまはすごく笑える描写だけれども、でも、これってなんてすてきなアイデアなんだろうと考える読者はきっと少なくない。しかも、この小説はそんなすてきな生存戦略の提案だけに終わらない。世界の平和を守ろうと真剣になること、「正義」の意味合いを決してまちがえないことについて、魔法少女には重大な責任があるということまでもが書かれている。それは小説というある種の魔法そのものであるこの作品自体が、力のある小説が持つ責任について自覚的である証左のようにも思える。

「秘密の花園」はミラクリーナとは打って変わって、子ども時代の魔法を捨てて新しい魔法を獲得しようとする二十歳そこそこの女の子の物語だ。ここで検証されているのはなによりも性的な行為にまつわる「生理的嫌悪」であり、それから性愛を介して結びつく男女のあいだに生じる権力差だと思う。その権力差にはさまざまなパターンがあるだろうが、どれもがステレオタイプな男女観と無関係でいられない。「生理的嫌悪」と、おそらくこの先、私たちがいくら是正しようと努力しても完全に拭《ぬぐ》い去ることはできないであろう男女間の権力差。それらはたしかに、性的な経験の入口に立つとき、同時に気付かされるものにちがいない。主人公がそれらに対処するやり方は衝撃的だが、この二つが紐付《ひもづ》けされていることは私をはっとさせ、どこか腑《ふ》に落ちる感覚を与えてくれる。

「無性教室」で舞台となる学校では、「性別」が禁止されている。ジェンダーレスと聞くとうっかり男性的な装いを想像してしまいがちな私たちの感覚をなぞるように、この学校に通う生徒たちは男性に寄せた見た目になるような矯正シャツと男性用とされる制服を身につけ、一人称も「僕」に統一させられている。ここで展開する高校生たちの恋愛と性愛を追いかけて読み進めることは、今現在、私たちが住んでいる世界の恋愛と性愛の、私たちが勝手に設けていた、あるいは社会構造によって設けさせられていた限界とその弊害を自分自身で検証し直す作業に等しいのではないか。

最後の短編「変容」では、若者を中心に「怒り」という感情が失われつつある社会が描かれている。ここでも「怒り」は分解され、他人を思い通りにするための有害な怒りと快楽としての怒り、苛立《いらだ》ちを他人に伝えるための怒り、社会を批判するために表明すべき怒りなどが丁寧に描かれ、その上で私たちの人格は個々人の個性の発露などではなく社会によって規定されるものであり、社会のありようひとつでいかに「変容」してしまうものなのかが問われている。心をえぐるのは、この小説が「変容」に対する鋭い批評となっているいっぽうで、私たちのその底の浅さや不確かさが決して批判されているばかりではないことだ。はじめの短編「丸の内魔法少女ミラクリーナ」で指し示された倫理観を確かなものとして大切にしながら、人の不確かさと信用ならなさが愛情深く取り扱われていること。だからこそ、私は著者の小説をどうしようもなく信頼する。この小説とならやっていける、と強く感じる。

私は、私たちがなんなのか、ここはいったいなんなのか知りたい。私たちが暮らしているところがどういった社会でその仕組みにどんな意味があるのか、どんなルールが課されているのか、私たちはその「設定」にどのくらい則《のっと》っているのか、なにが善とされていてなにが悪とされているのか、「ふつう」とはなにか、そういったことをあらかじめ決めておくことによってどんな効果が生じているのか、逆に、なにが見過ごされているのか。ときに私たちは、その謎に分け入らなければ生きていけない。私は生きている限りやめることができないであろうその作業を、著者の小説を取扱説明書にしてたびたび参照しながら、なんとかやっていきたいと思っている。

本書は、二〇二〇年二月に小社より刊行された
単行本を加筆修正のうえ、文庫化したものです。

丸《まる》の内《うち》魔《ま》法《ほう》少《しよう》女《じよ》ミラクリーナ

村《むら》田《た》沙《さ》耶《や》香《か》

令和５年　２月25日　初版発行

発行者●山下直久

発行●株式会社KADOKAWA
〒102-8177　東京都千代田区富士見2-13-3
電話　0570-002-301（ナビダイヤル）

角川文庫 23539

印刷所●株式会社暁印刷
製本所●本間製本株式会社

表紙画●和田三造

●お問い合わせ
https://www.kadokawa.co.jp/（「お問い合わせ」へお進みください）
※内容によっては、お答えできない場合があります。
※サポートは日本国内のみとさせていただきます。
※Japanese text only

ISBN 978-4-04-113009-4　C0193

◇◇◇

角川文庫発刊に際して

角川源義

第二次世界大戦の敗北は、軍事力の敗北であった以上に、私たちの若い文化力の敗退であった。私たちの文化が戦争に対して如何に無力であり、単なるあだ花に過ぎなかったかを、私たちは身を以て体験し痛感した。西洋近代文化の摂取にとって、明治以後八十年の歳月は決して短かすぎたとは言えない。にもかかわらず、近代文化の伝統を確立し、自由な批判と柔軟な良識に富む文化層として自らを形成することに私たちは失敗して来た。そしてこれは、各層への文化の普及滲透を任務とする出版人の責任でもあった。

一九四五年以来、私たちは再び振出しに戻り、第一歩から踏み出すことを余儀なくされた。これは大きな不幸ではあるが、反面、これまでの混沌・未熟・歪曲の中にあった我が国の文化に秩序と確たる基礎を齎らすためには絶好の機会でもある。角川書店は、このような祖国の文化的危機にあたり、微力をも顧みず再建の礎石たるべき抱負と決意とをもって出発したが、ここに創立以来の念願を果すべく角川文庫を発刊する。これまで刊行されたあらゆる全集叢書文庫類の長所と短所とを検討し、古今東西の不朽の典籍を、良心的編集のもとに、廉価に、そして書架にふさわしい美本として、多くのひとびとに提供しようとする。しかし私たちは徒らに百科全書的な知識のジレッタントを作ることを目的とせず、あくまで祖国の文化に秩序と再建への道を示し、この文庫を角川書店の栄ある事業として、今後永久に継続発展せしめ、学芸と教養との殿堂として大成せんことを期したい。多くの読書子の愛情ある忠言と支持とによって、この希望と抱負とを完遂せしめられんことを願う。

一九四九年五月三日

角川文庫ベストセラー

生まれる森　島本理生

失恋で傷を負い、夏休みの間だけ一人暮らしを始めたわたし。再会した高校時代の友達や彼女の家族と触れ合いながら、わたしの心は次第に癒やされていく。少女時代の終わりを瑞々しい感性で描く記念碑的作品。

からまる　千早　茜

生きる目的を見出せない公務員の男、不慮の妊娠に悩む女子短大生、そして、クラスで問題を起こした少年……。注目の島清恋愛文学賞作家が〝いま〟を生きる7人の男女を美しく艶やかに描いた、7つの連作集。

眠りの庭　千早　茜

白い肌、長い髪、そして細い身体。彼女に関わる男たちは、みないつのまにか魅了されていく。そしてやがて明らかになる彼女に隠された真実。2つの物語がひとつにつながったとき、衝撃の真実が浮かび上がる。

夜に啼く鳥は　千早　茜

少女のような外見で150年以上生き続ける、不老不死の一族の末裔・御先。現代の都会に紛れ込んだ御先は、縁のあるものたちに寄り添いながら、かつて愛した人の影を追い続けていた。

ミュージック・ブレス・ユー!!　津村記久子

「音楽について考えることは将来について考えることよりずっと大事」な高校3年生のアザミ。進路は何一つ決まらない「ぐだぐだ」の日常を支えるのはパンクロックだった！　野間文芸新人賞受賞の話題作！

角川文庫ベストセラー

これからお祈りにいきます　津村記久子

人がたのはりぼてに神様に取られたくない物をめいめいが工作して入れるという、奇祭の風習がある町に生まれ育ったシゲル。祭嫌いの彼が、誰かのために祈る――。不器用な私たちのまっすぐな祈りの物語。

ふちなしのかがみ　辻村深月

冬也に一目惚れした加奈子は、恋の行方を知りたくて禁断の占いに手を出してしまう。鏡の前に蠟燭を並べ、向こうを見ると――子どもの頃、誰もが覗き込んだ異界への扉を、青春ミステリの旗手が鮮やかに描く。

本日は大安なり　辻村深月

企みを胸に秘めた美人双子姉妹、プランナーを困らせるクレーマー新婦、新婦に重大な事実を告げられないまま、結婚式当日を迎えた新郎……。人気結婚式場の一日を舞台に人生の悲喜こもごもをすくい取る。

きのうの影踏み　辻村深月

どうか、女の子の霊が現れますように。おばさんとその子が、会えますように。交通事故で亡くした娘を待ちわびる母の願いは祈りになった――。辻村深月が〝怖くて好きなものを全部入れて書いた〟という本格恐怖譚。

きりこについて　西加奈子

きりこは「ぶす」な女の子。小学校の体育館裏で、人の言葉がわかる、とても賢い黒猫をひろった。美しいってどういうこと？　生きるってつらいこと？　きりこがみつけた世の中でいちばん大切なこと。

角川文庫ベストセラー

炎上する君　西　加奈子

私たちは足が炎上している男の噂話ばかりしていた。ある日、銭湯にその男が現れて……動けなくなってしまった私たちに訪れる、小さいけれど大きな変化。奔放な想像力がつむぎだす不穏で愛らしい物語。

まにまに　西　加奈子

嬉しくても悲しくても感動しても頭にきても泣けてくるという、喜怒哀楽に満ちた日常、愛する音楽・本への尽きない思い。多くの人に「信じる勇気」を与えてきた西加奈子のエッセイが詰まった一冊。

さいはての彼女　原田マハ

脇目もふらず猛烈に働き続けてきた女性経営者が恋にも仕事にも疲れて旅に出た。だが、信頼していた秘書が手配したチケットは行き先違いで――？　女性と旅と再生をテーマにした、爽やかに泣ける短篇集。

翼をください　(上)(下)　原田マハ

空を駆けることに魅了されたエイミー。日本の新聞社が社運をかけて世界一周に挑む「ニッポン号」。二つの人生が交差したとき、世界は――。数奇な真実に彩られた、感動のヒューマンストーリー。

アノニム　原田マハ

ジャクソン・ポロック幻の傑作が香港でオークションにかけられることになり、美里は仲間とある計画に挑む。一方アーティスト志望の高校生・張英才のもとには謎の窃盗団〈アノニム〉からコンタクトがあり!?

角川文庫ベストセラー

ファイナルガール　藤野可織

私のストーカーは、いつも言いたいことを言って電話を切る（「去勢」）。リサは、連続殺人鬼に襲われ生き残るというイメージから離れられなくなる（「ファイナルガール」）。戦慄の7作を収録した短篇集。

きまぐれ星のメモ　星新一

日本にショート・ショートを定着させた星新一が、10年間に書き綴った100編余りのエッセイを収録。創作過程のこと、子供の頃の思い出――。簡潔な文章でひねりの効いた内容が語られる名エッセイ集。

きまぐれロボット　星新一

お金持ちのエヌ氏は、博士が自慢するロボットを買い入れた。オールマイティだが、時々あばれたり逃げたりする。ひどいロボットを買わされたと怒ったエヌ氏は、博士に文句を言ったが……。

ちぐはぐな部品　星新一

脳を残して全て人工の身体となったムント氏。ある日、外に出ると、そこは動くものが何ひとつない世界だった（「凍った時間」）。SFからミステリ、時代物まで、バラエティ豊かなショートショート集。

きまぐれ博物誌　星新一

新鮮なアイディアを得るには？　プロットの技術を身に付けるコツとは――。「SFの短編の書き方」を始め、ショート・ショートの神様・星新一の発想法が垣間見える名エッセイ集が待望の復刊。

角川文庫ベストセラー

ののはな通信　三浦しをん

ののとはな。横浜の高校に通う2人の少女は、性格が正反対の親友同士。しかし、ののははなに友達以上の気持ちを抱いていた。幼い恋から始まる物語は、やがて大人となった2人の人生へと繋がって……。

校閲ガール　宮木あや子

ファッション誌編集者を目指す河野悦子が配属されたのは校閲部。担当する原稿や周囲ではたびたび、ちょっとした事件が巻き起こり……読んでスッキリ、元気になる！　最強のワーキングガールズエンタメ。

校閲ガール　ア・ラ・モード　宮木あや子

出版社の校閲部で働く河野悦子（こうのえつこ）。部の同僚や上司、同期のファッション誌や文芸の編集者など、彼女をとりまく人たちも色々抱えていて……日々の仕事への活力が湧くワーキングエンタメ第2弾！

校閲ガール　トルネード　宮木あや子

ファッション誌の編集者を夢見る校閲部の河野悦子。恋に落ちたアフロヘアーのイケメンモデル（兼作家）と出かけた軽井沢である作家の家に招かれ……そして社会人3年目、ついに憧れの雑誌編集部に異動に⁉

砂子のなかより青き草
清少納言と中宮定子　宮木あや子

「女が学をつけても良いことは何もない」時代、共に息苦しさを感じていた定子となき子（清少納言）は強い絆で結ばれる。だが定子の父の死で一族は瞬く間に凋落し……平安絵巻に仮託した女性の自立の物語。

角川文庫ベストセラー

フリン　椰月美智子

父親の不貞、旦那の浮気、魔が差した主婦……リバーサイドマンションに住む家族のあいだで繰り広げられる情事。愛憎、恐怖、哀しみ……『るり姉』で注目の実力派が様々なフリンのカタチを描く、連作短編集。

消えてなくなっても　椰月美智子

運命がもたらす大きな悲しみを、人はどのように受け入れるのか。椰月美智子が初めて挑んだ〝死生観〟を問う作品。生きることに疲れたら読みたい、優しく寄り添ってくれる〝人生の忘れられない1冊〟になる。

明日の食卓　椰月美智子

小学3年生の息子を育てる、環境も年齢も違う3人の母親たち。些細なことがきっかけで、幸せだった生活が少しずつ崩れていく。無意識に子どもに向けてしまう苛立ちと暴力。普通の家庭の光と闇を描く、衝撃の物語。

さしすせその女たち　椰月美智子

39歳の多香実は、年子の子どもを抱えるワーママ。マーケティング会社での仕事と子育ての両立に悩みながらも毎日を懸命にこなしていた。しかしある出来事をきっかけに、夫への思わぬ感情が生じ始める——。

つながりの蔵　椰月美智子

小学5年生だったあの夏、幽霊屋敷と噂される同級生の屋敷には、北側に隠居部屋や祠、そして東側には古い〝蔵〟があった。初恋に友情にファッションに忙しい少女たちは、それぞれに「悲しさ」を秘めていて——。